リエラの素材回収所 2

プロローグ

リエラは、エルドランという町にある孤児院出身の十二歳。

基礎学校で適性があると言われたお仕事は、なんと錬金術師《れんきんじゅつし》！　大金を稼《かせ》げそうなお仕事に適性があると聞いて喜んだんだけど……

職業斡旋所《あっせんじょ》に行ってみたら、めぼしい求人が全くないとか、一体どういうこと？

スッカスカの求人票を前に、リエラは途方《とほう》に暮れた。そんなリエラの前に現れたのが、長耳族《ながみみぞく》のお兄さん、アスタールさんだ。アスタールさんは『グラムナード錬金術工房』の工房主《ぬし》で、黒髪に金色の瞳をした、国が傾くんじゃないかというほどの美人さん。

そこからはトントン拍子で弟子入り話が進み、工房がある『迷宮都市グラムナード』へとリエラは旅立つことになった。孤児院がお世話になっている商人のグレッグおじさんが、行商の馬車に同乗させてくれたのは本当に幸運だったなぁ……

盗賊に襲われながらも辿《たど》り着いたグラムナードの町は、故郷《エルドラン》とは全く雰囲気の違う町だったから驚いたのなんの。

工房で暮らしているのはリエラ以外、みーんな、アスタールさんの親戚。そして美形ぞろいで、リエラは珍獣にでもなった気分だったよ。

アスタールさんは、ちょっと物忘れが激しいところがあるけれど、いいお師匠様……のような気がする。表情が動かない代わりに、耳がピコピョコ動いて感情表現をするのは可愛いかも。

アスラーダさんは、アスタールさんの双子の兄。何故かリエラが同行させてもらった隊商に交じっていたんだけど、アレはなんでだったんだろう？　未《いま》だ聞く機会がなくて謎なんだよね。彼はとても面倒見のいいお兄さんで、町の案内をしてくれたり、採集の仕方を教えてくれたりと、お世話になりっぱなしです。

調薬を教えてくれるのはセリスさんという、麗《うるわ》しのお姉様。綺麗で優しくて料理が上手で……もう、欠点が見つかりません！　将来、ああいう風になれたらいいなぁ。

それから、工房併設《へいせつ》の店舗で売り子をやっているルナちゃんとも仲良くなれたよ。セリスさんの妹だけど、おっとりとしたお姉さんとは対照的に快活《かいかつ》な印象だ。

何はともあれ、リエラは温かく迎え入れられた。その上、グレッグおじさんとの個人的な取引まで認めてもらえたものだから、魔法薬《まほうやく》作りに夢中になったんだよね。何せ、売り上げはそのまま孤児院に寄付できるんだもの。

でも、魔法薬を作るだけじゃなく、素材の採集方法なんかも学ばなくちゃいけない。

迷宮都市の由来でもある迷宮に、自分で採集をしに行くこともある。

ある日その迷宮で、孤児院時代の喧嘩《けんか》友達である猫耳族《ねこみみぞく》のスルトと再会した。まさかそれがきっかけで後日、スルトと再び同じ屋根の下で暮らすことになるとは思わなかったよ。でも、気心の知れた相手が近くにいるのはいいものだと最近思う。

迷宮には危険な生き物もいて、初めて戦った時、リエラが血を見ると卒倒《そっとう》しちゃうことが分かったのには参ってしまった。でも、魔法薬作りの方は順調に上達してきているし、弱点を克服《こくふく》しつつ、これからも見習い生活を頑張るぞ～！

育成ゲーム

グレッグおじさんとの取引を終わらせたあと、アスタールさんの執務室《しつむしつ》を訪れる。
目的は取引内容についてのご報告。それから、前に言っていた『面白い遊び』とやらを教わるためだ。
アスタールさんが『遊び』なんて言うと違和感があるけど、一体どんな遊びなんだろう？

「入りたまえ」

扉を開けると、アスタールさんはすぐ目の前に立っていた。声が近いとは思ったけど、まさかこんなに至近距離にいたとは……
カゴを持って水晶の前にいるけど、何をしていたんだろう？　と、リエラは興味津々だ。

「取引は無事終了したかね？」

リエラに一瞬だけ視線を向けると、身振りでいつもの場所に座るようにと示す。それから、改めて水晶に向き直ると何かの作業を再開した。

「はい。この間セリスさんに教えてもらったケアクリームもお試し用に持っていってもらったので、次回の取引で感想を聞くのが楽しみです」

「ケアクリーム……？」

ひたすら作業に没頭《ぼっとう》していたアスタールさんが、『ケアクリーム』という言葉に反応して、やっとリエラの方を見る。

「肌荒れとかにいいらしいですよ。セリスさんは確か……キソケショーヒンとかって言っていたかな？」

セリスさんはアスタールさんの従妹《いとこ》で、リエラに魔法薬の作り方を教えてくれている。綺麗で優しくて、まるで女神様のような、リエラが尊敬してやまない女性だ。

「──ああ、なるほどあれか」

そう言いながら、アスタールさんはまたしても作業に戻る。そんなに熱心に何をやっているんだろう？　と思いつつ、手元のカゴを覗《のぞ》き込んでみた。

「魔力石《まりょくせき》……？」

思わず呟《つぶや》くと、アスタールさんは頷《うなず》いて魔力石を手に取る。

「うむ。よく『視《み》て』いたまえ」

アスタールさんが摘《つ》まんだ魔力石を水晶に押し当てると、魔力石の姿がすうっと消えた。次のものも、その次のものも。アスタールさんが繰り返しているのは、魔力石を消す作業みたいだ。

「!?」

もしかして、と思って『魔力視《まりょくし》』を行《おこな》う。そうすると、何が起こっているのかが『視《み》え』た。摘《つ》まんで水晶に押し当てる直前、魔力石の周りを魔力の薄い膜《まく》が覆《おお》う。その状態の魔力石が水晶に押し当てられると、そこを起点に水晶の表面にも魔力の膜《まく》が広がって、その中に魔力石が溶けていく。

ほんの一瞬で終わってしまう、そんな早業《はやわざ》だ。

「『視《み》え』たようだな」

思わず息を呑むと、アスタールさんはそう口にしながらリエラに向き直る。

「魔力石『育成ゲーム』、覚えてみるかね？」

「!?」

え、今のってリエラにもできるものなの？　そう思って固まっていると、アスタールさんはリエラの両手に一つずつ魔力石を持たせる。

「……あの、今のって、リエラにもやれるものなんですか？」

やっと声が出た。

その問いに、アスタールさんは当然とばかりに頷《うなず》く。

「薬草に魔力を含ませる時と、要領はそう変わらない。魔力の膜《まく》で両方の石を覆《おお》ったら、石と石を触れ合わせる。やり方はそれだけだ。やってみたまえ」

石とアスタールさんを交互に何回か見たあと、言われた通り試《こころ》みる。けれど、魔力の膜《まく》で覆《おお》うって――思った以上に難しい。リエラの技量だと、膜《まく》と呼ぶには随分《ずいぶん》と分厚《ぶあつ》い魔力が石を包み込む。その状態で石を触れ合わせようとしたけれど、膜《まく》が反発し合って上手くいかない。

「頑張りすぎだ」

アスタールさんの言葉に少し魔力の量を減らすと、膜《まく》そのものが消えてしまう。

もう一度。

さっきよりは薄い魔力で石を包み込めたけど、まだ多いみたい。

「んー……？　むむむむ」

唸《うな》り声を上げながらも挑戦を続けていく。やっと成功したのは、七回目だった。魔力の膜《まく》がいい感じの厚さになった瞬間、片方の石が吸い込まれるように消える。リエラの手の中に残ったのは、さっきよりも少しだけ重くなったように感じる魔力石が一つ。

「……できた！」

パッと顔を上げると、アスタールさんに頭を撫《な》でられた。

「では、魔力操作の練習として、今の作業を寝る前に必ず行《おこな》いたまえ」

あ、これはもう一人でやっていいんだ。指導がこの一回で終わるらしいということに、ちょっと拍子抜けした気分になる。

「魔力を消耗《しょうもう》するから無理をしないように」

育成は、計画的に？

確かに少し魔力を持っていかれている感じがしたから、気を付ける必要はありそうだ。

「内包魔力が十万程度になるまで育てたらここに持ってきたまえ。目安は、直径十センチほどになる頃だ」

「……はい！　頑張ります!!」

元気良く返事をして、アスタールさんに渡されたカゴを抱きしめる。

「この中の魔力石、全部使っていいんですか？」

「うむ。好きにして構わない」

めちゃくちゃ嬉しい！

リエラは、この遊びを早くやりたいとうずうずしながら、アスタールさんの執務室《しつむしつ》をあとにする。育てた魔力石をどうするのかについて聞いていないと気が付いたのは、カゴの中の魔力石を全て一つにまとめてしまったあとのこと。

――まあ、その時になれば教えてもらえるんだから、急いで聞かなくてもいっか。そう思いつつ、ベッドの中で目を閉じた。

『育成ゲーム』を教わってから、あっという間に時間が過ぎて、もう月末。相変わらず、リエラは調薬と体力作りに明け暮れる毎日だ。

それはそれとして、最近はもうすっかり『育成ゲーム』にハマっている。なんというか、少しずつ魔力石が大きく育っていくのが楽しくって、毎日寝る前にせっせと育てちゃうんだよ。最初に渡された魔力石なんて、その日のうちになくなっちゃったからね……。

毎週、最初と同じ量が支給されるけれど、それじゃあ、あんまり楽しめない。だから今は、スルトが迷宮で集めてきたのを仕入れて育てている。だけど――

困ったのが、魔力石を買うお金のことだ。このペースで魔力石を育てていくと、リエラのお給料があっという間になくなってしまう。だから、お給料とは別に、お小遣い稼《かせ》ぎをする方法が欲しいんだけど……。リエラ的には、工房に迷惑がかかる方法はダメだ。休みの日に個人的に魔法薬を売る――なんてことは、禁じ手。

何かいい手はないものか、と思い悩む日々が続いている。

それはそうと、『育成ゲーム』を始めてから、魔導具《まどうぐ》なしでの調薬ができるようになったんだよ。

魔力の扱いが上手くなったように感じるから、その成果なのかもしれない。それまで感じていたモヤモヤが解消されて、より一層、調薬が楽しくなった。

そうそう、レシピも一つ増えて、『魔力回復促進剤《そくしん》』の調薬を始めている。

今まで作っていた魔法薬は『高速治療薬』。簡単に言うと、怪我が早く治る魔法の傷薬だ。対して『魔力回復促進剤《そくしん》』は、魔力を回復するお薬で、飲むと一時間の間に最大魔力の二割程度までがじわじわと回復する。元の魔力が一万あった場合には、二千程度まで少しずつ回復していく計算だ。

ちょっと回復の仕方に癖《くせ》があるから、使いどころが難しいかもしれない。でも、リエラにとっては便利で、自分用も作っている。これを使うと、魔力を使ったそばからじわじわ回復してくれるからね。休憩しなくても魔力が回復してくれるのは、すごく便利だ。

そういう使い方をしていると、セリスさんにやんわりと叱られちゃうんだけど――

このお薬、甘くて美味《おい》しいからついつい飲んじゃうんだよ。スルトにこっそりそう話したら、ものすごい呆《あき》れ顔をして『孤児院のチビ達と同レベルだな』って――。ちょっとひどいと思う。

何はともあれ、色々とやりがいも増えてきて、とっても嬉しい。

そんな日々を過ごす中、アスタールさんから突然のお呼び出しがかかった。

「セリスから報告があったのだが、魔導具なしでの調薬をこなせるようになったとか」

急な呼び出しだった上に、この質問。

リエラは嫌な予感がしながらも、正直に答える。

「あ、はい。『育成ゲーム』のおかげか、魔力の操作が上達したみたいです」

「それは良かった。では、明日からは外町出張所でレイから色々と学んでほしい」

「レイさんから、ですか？」

グラムナードは中町と外町に分かれていて、中町にある工房とは別に、外町に出張所がある。そこで店番をしているのが、セリスさんの弟であるレイさんだ。

元々、明日はセリスさんのもとで調薬を学ぶ日だった。外町出張所に行くってことは——調薬はしなくていいんだろうか。

「うむ。レイは出張所の管理の他に、簡単な魔法具《まほうぐ》を作っているのだ」

魔法具っていうのは、魔力石を動力とする道具のこと。使う人の魔力を動力とする魔導具とは似て非なるものだ。

アスタールさんの話し方からすると、もう決定事項っぽい。リエラは渋々《しぶしぶ》頷《うなず》いた。

「……はい、頑張ります」

ぶっちゃけ嫌だなんて、言えないもんなぁ……

そんなわけで、リエラは明日から早速《さっそく》、外町の出張所でお仕事することになった。これまでの頑張りが認められた結果だけど、セリスさんと仕事場が離れちゃうのか……なんというか、しょんぼりしてしまう。工房に帰ってくればすぐに会えるとはいえ、それはそれ、これはこれだ。でも、お仕事だし仕方がない。それに考えてみたら、魔法具の作り方も教わりたかったんだもの。いい機会だと思おう。

セリスさんとお話しする機会が減っちゃうのは寂しいけど、作れるものが増えるのはいいことだ！


何はともあれ、今日から外町出張所でお仕事です。セリスさんが用意してくれたお弁当を持って、レイさんと一緒に出勤準備中。

「今日からリエラちゃんが工房にいないなんて……」

「セリスさん……。リエラも、セリスさんと離れるなんて……！」

セリスさんがハンカチを目元に当てて泣き真似をする。リエラはそんなセリスさんにそっと近寄り見つめ合うと、二人でがっしりと抱擁《ほうよう》し合う。

「あー……姉さんもリエラちゃんも、開店が間に合わなくなるからそれくらいにしておいて？」

レイさんは、それを見ながら苦笑する。

今まで彼とは、食事時に少し喋《しゃべ》る程度のお付き合いだった。でも、今日からは一緒に外町出張所で働くのだから、信頼関係を構築できるように頑張らないとね。

レイさんはセリスさんの弟だけあって彼女と顔立ちがよく似ている。それだけでリエラは親近感を覚えるんだけど、彼も同じように感じているかは別だからね。

セリスさんは一瞬リエラから離れて、もう一度抱きしめ直してくれた。

うわ……幸せ！

セリスさんてば、優しいいい匂いがするんだもん、リエラはいつも通り、うっとりしてしまう。

「リエラちゃん、レイに何かされそうになったら……」

そう言いながら、膝《ひざ》で何かを蹴《け》り上げる動作をする。

「こうですか⁇」

「そうそう。上手よ、リエラちゃん」

リエラが真似すると、セリスさんは満足げに何度も頷《うなず》く。それを見ているレイさんの腰が、ちょっと引けている。

「そんなこと教えて……」

諦《あきら》めたような口調でため息交じりにレイさんが呟《つぶや》く。それとほとんど同時に、玄関からアスラーダさんが顔を覗《のぞ》かせた。

「レイ、荷運びをするから、今日は同乗させてくれないか？」

「了解。……ほら、アスラーダ様も一緒だし……ね？　何も心配するようなことはないよ」

肩を竦《すく》めながらそう言って、レイさんはヤギ車の荷台に座るスペースを空けに行く。御者台《ぎょしゃだい》に三人は座れるけど、アスラーダさんが行くってことはスルトも一緒だ。そうなると一人分、席が足りなくなっちゃうものね。

荷物を積み直して、全員がヤギ車に乗り込むと、出発の挨拶《あいさつ》をする。

「それじゃセリスさん、行ってきます！」

「お夕飯の前にはちゃんと帰ってくるのよ？」

セリスさんってば、随分《ずいぶん》と心配性だ。リエラのことをそれだけ大事に思ってくれているのかと思うと嬉しくもあり、こそばゆくもあるのだけど。

「レイ。移動中に出張所での仕事について軽く説明してやったらどうだ？」

「ああ、確かに。それじゃあ、少し説明させてもらってもいいかな、リエラちゃん？」

アスラーダさんの提案のおかげで、外町までの道中、出張所のお仕事について軽く説明してもらえることになった。これは地味にありがたい。実のところ、レイさんが出張所でどんなお仕事をしているのかよく知らないんだよね。

「朝は、探索者《たんさくしゃ》がたくさん来る時間帯だね。『高速治療薬』を買っていく人が多いけど、武器に魔力を付与する目的で来る人も多いかな」

「魔力の付与……ですか？」

魔力の付与って、初めて聞くんだけど。一体どんなことをするのかと目を瞬《またた》かせていると、レイさんは説明を続ける。

「そう、魔力の付与。魔導具なしで魔法薬を作れるようになっていれば、やり方はすぐに覚えられると思うよ」

更にアスラーダさんも補足してくれた。

「狩る対象によっては、魔力をまとった武器でないと攻撃が通用しないことがある。だから、探索者にとって必要なサービスなんだ」

「「へー、なるほど」」

あ、スルトとハモった。どうやら、スルトもその辺のことは知らなかったみたいだ。

「この魔力の付与って使う魔力石によって持続時間が変わるから、朝一番に来てかけていく人が多いんだよ」

「朝一番にかけることで、有効に使える時間が多くなるからだな」

「そうそう。内包魔力が九十のものだとお手頃価格だから、九時間分をかけていく人が多いね」

「ああ……魔力石も内包魔力が百を超えるといきなり値上がりするしな」

どうやら魔力の付与には魔力石を使うみたいだ。もしかして、魔力石の内包魔力によって持続時間が変わるのかな？

「それよりも、魔力付加の方にはあまり依頼はないのか？」

「そうだね。付加だと施術《せじゅつ》に時間もかかるから、午前中は受け付けてないよ。依頼を受けてから付加する武器を預かって、翌日お渡しが基本かな」

途中で話が横に逸《そ》れたせいもあってか、ここまで聞いたところで出張所に着いてしまう。残念。もっと詳しく聞いておきたかった……

アスラーダさん達は、荷物を出張所の中に運び込むと、もう迷宮へと出発だ。ちょっぴり不安に感じるのは、これまでレイさんとはあまり交流がなかったせいかな。

「それじゃあ、リエラちゃん。今日は一日、よろしくね」

「はい！　頑張ります！」

リエラは気合いを入れ直すと、レイさんと一緒に開店準備に取りかかった。

「おい、『高速治療薬』をこの瓶《びん》に十本だ！　早くしてくれ!!」

「はい、只今《ただいま》！　一万ミルに瓶《びん》代が三千ミルで合計一万三千ミルになります」

「こっちは二十本に、『治療丸《ちりょうがん》』を十袋頼む」

「はい、只今《ただいま》！　二万ミルに瓶《びん》代六千ミルと、四万ミルで合計六万ミルになります」

「嬢ちゃん、計算間違ってんぞ。六万六千ミルだろ」

「うひゃー！　ごめんなさい!!」

出張所の朝は、サラッと聞かされてた以上の忙しさだ。怒涛《どとう》のように時間が流れ、気が付いたら十一時を過ぎていた。

人の波が引いたあと、リエラはカウンターの陰に思わずへたり込んだ。

「ひとまずお疲れ様、リエラちゃん」

ちょっと同情するような笑みを浮かべて、レイさんがリエラを労《ねぎら》う。

「いつもこんなに人が来るんですか？」

彼が渡してくれた冷たいお茶を一息に飲んでから訊《たず》ねると、肯定の返事が返ってくる。

「これでも、探索者協会への委託《いたく》を始めてから大分《だいぶ》マシになったんだけどね。ここまで忙しいのは……多分、昨日の閉店後に町に着いた探索者が多かったんだと思うよ。普段は、お昼過ぎに来る方が多いしね。それでも、今日はリエラちゃんがいたから、魔法薬の方をお願いできて随分《ずいぶん》と助かったよ」

レイさんはそう言ってくれたものの、リエラは自分の体力不足を感じて落ち込んでしまう。午前中のお仕事は、たったの二時間ちょっと。それなのにこうしてへたり込んでいるのがその証拠だ。体力作りを今まで以上に頑張ることにして、レイさんが注いでくれたお代わりを飲み干す。

「さて。午前中の波も終わったし、なくなった属性石《ぞくせいせき》の在庫を補充しないとね」

「属性……？　魔力石の一種、ですか？」

「そう、魔力石」

レイさんが取り出したのは、たくさんの魔力石が詰まった箱。中から一つ摘《つ》まみ出すと、リエラに見えるようにゆっくりと地の魔力を注ぎ込む。

透明なガラス玉のようだった魔力石が、地の魔力を取り込んで、茶色に染まった。

「こうやって魔力石に属性を付加したものを属性石と呼ぶこともあるんだ。属性石は武器に属性を付与するために必要だから、これも大事な商売道具っていうわけ」

そう言って微笑《ほほえ》むと、リエラの手にも魔力石を一つ置いてくれる。

「リエラちゃんも、もちろん、やってみるでしょ？」

いきなりやらせてもらえるとは思ってなかったからビックリしたものの、すぐに魔力石を握りしめて嬉々《きき》として頷《うなず》く。

「それじゃ、僕が作れない火か水をお願い」

「はい」

魔力石を手の平にのせて、火の魔力を石にまとわせる。気分は魔力石『育成ゲーム』だ。あっちは属性を意識せずに二つの石に魔力をまとわせて、一つにする。今回は属性を意識しつつ、まとわせた魔力が染み込むようにイメージしてみた。魔力石は、リエラのまとわせた魔力を嬉しそうに取り込んで赤く染まる。

「いいね。その調子で火をあと十九個、水を二十個頼んでいいかな？」

「分かりました。火十九個と水二十個ですね」

リエラは渡された魔力石に、喜んで魔力を付加していく。

途中で失敗したのもあったけど、お昼になる前には頼まれた分の付加を終えられた。

失敗したのは、複数を一度にやろうとしたせいだ。二つ一緒に手にのせてやったら『育っ』ちゃったんだよね……。別々の手にのせてやるのはちゃんとできたから、一緒の手にのせなければいいことが分かったんだけど。

失敗しない方法が分かってからは、別々の手に魔力石を持って付加していった。

「うーん……。これは、困ったね」

そう言いながら苦笑するレイさんの手の中には、『育っ』ちゃった水の魔力石。

「ごめんなさい……」

余計なことをしてしまった自覚のあるリエラは、小さくなるしかない。でも、思いついたら試したくて仕方なくなっちゃって、つい……。こらえ性《しょう》がなくってごめんなさい。

「……まぁ、仕方ないね。これは探索者協会に売って、代わりを買うことにしよう」

レイさんはそう言うと、膝《ひざ》をポンと叩いて立ち上がる。

「リエラちゃんも来る？」

「――是非《ぜひ》！」

お誘いいただいたので、即座に返事をする。リエラがやってしまった失敗の後始末を、レイさんだけにやらせるわけにはいかない。

レイさんが出かける準備をするのを待ちながら、リエラはちょっとドキドキだ。探索者協会の受付にはまだ行ったことがないんだよ。

さてさて、やってきました、『探索者協会　グラムナード支部』。

ここは、すごく大きな木造二階建てのログハウスだ。外町の建物は、大きさこそ様々だけれど、ほとんどがここと同じように丸太材で建てられている。リエラの住んでいたエルドランの町はレンガ造りの建物ばっかりだったから、これはこれでなんだか目新しい。

中に入ってすぐの場所は小さなロビーになっていて、微《かす》かに木の匂いが漂《ただよ》っている。この前来た時は、ルナちゃんと二人でお茶を飲んだんだよね。

カウンターまでは入り口から五メートルくらいと、結構な奥行きがある。建物の半分くらいの幅があるカウンターは、十もの窓口に仕切られていた。買い取り窓口が六つに、販売窓口と依頼受付がそれぞれ二つずつだ。

カウンターの向こうには棚がたくさん並んでいて、依頼受付の後ろにはたくさんの書類が見える。買い取り窓口の後ろには素材類、販売窓口の後ろには商品が保管されているみたい。

今は、人が来ない時間帯なのか、どの窓口にも一人ずつしか人がいなかった。レイさんが慣れた様子で向かうのは、買い取り窓口だ。

「「あら、レイさん。今日はどうなさったんですか？」」

買い取り窓口以外からも一斉に声が上がって、リエラは驚く。

レイさんは、それぞれの窓口の女の子に平等に笑顔を振りまきつつ挨拶《あいさつ》している。

彼は、人当たりというか……愛想がすごくいい。顔立ちが整っていて物腰も柔らかいから、女の子を勘違いさせちゃいそうかも。

ある意味、アスラーダさんの対極にいるような人だね。アスラーダさんも顔立ちは整っているけど、無愛想でつっけんどんだから、少し怖がられそうな感じだし。

「ウチの魔力石の在庫に、普段使わないのがあってね。買い取りをお願いしに来たんだ」

そう言って袋草《ふくろそう》に入れた魔力石を優しい手つきで置く。

袋草というのは、その辺に生えている植物の一種だ。葉っぱを二つにちぎると袋状になるから、中に小物を入れることができる。

「拝見しますね」

買い取り窓口のお姉さんは、袋草の中から透明感のある青い魔力石を取り出し、秤《はかり》に似た道具に載せた。

「水の魔力石……内包魔力は二百ですね。こちらを買い取らせていただくなら一万四百五十四ミルになります」

「それじゃ、その金額分の魔力石に交換してもらってもいいかな？」

「大丈夫ですよ。魔力はいつもの九十でよろしいですか？」

「それでお願い。余った分は十で」

カウンターに置かれた魔力石は九十が十一個に十が七個。

あれ?? 魔力石の値段って、九十が九百九十ミルで十が百ミルだったはずなのに、数がおかしくない?? 九十の魔力石が十一個だと一万八百九十ミルだから、それだけで買い取り額をオーバーしちゃうよね？

「……で、この子が前に話していた、新人のリエラちゃん。これから、ちょこちょこ魔力石を仕入れに来ると思うからよろしくね」

リエラが魔力石の値段のことを考えている間に、何やら雑談が進んでいたらしい。自分の名前が出てきてビックリしつつも、リエラは慌ててお姉さん方に頭を下げながら挨《あい》拶《さつ》をする。

「リエラです、よろしくお願いします！」

「リエラちゃんね、よろしく」

「よろしくねー」

「この子が来るようになるってことは、レイさんはもう来ないんですか？」

三人目のお姉さんにとっては、どうやら彼が来なくなる方が大問題らしい。リエラの挨拶《あいさつ》は華麗にスルーだ。

「毎日の仕入れには僕も顔は出すよ。この子には、足りなくなった時に補充をお願いする予定」

「なるほど！　それなら安心です。リエラちゃんよろしく！」

レイさんの言葉に、三人ともほっとしたように顔を見合わせる。

「それじゃあ、また来るね」

「「「またのお越しをお待ちしています!!」」」

レイさんが挨拶《あいさつ》をすると、お姉さん達の返事が綺麗にハモった。リエラもお姉さん方に頭を下げ、レイさんのあとを追いかける。

「詳しい説明は、お昼を食べながらにしようか」

そう言われて、口から出かかった質問を呑み込んだ。今、この場で話したくはないらしい。

お店に戻ると中から鍵をかけ、奥の休憩室でお弁当を出して二人でテーブルにつく。

セリスさんが用意してくれたお弁当は、袋みたいな形をしたパンと、中に詰め込む具材の数々だ。リエラ達は、それぞれ好きな具を詰め詰めしながら食べ始める。

食べ物って、結構好みが分かれるよね。リエラはお野菜たくさんと茹《ゆ》でた卵の薄切りを詰めてたっぷりのソースをかけたものだけど、レイさんのお好みは千切りにされた葉野菜と濃い味付けの薄切り肉を詰めたものらしい。

食べ始めてしばらくすると、やっとレイさんがリエラの聞きたかった話をしてくれる。

「リエラちゃんはさっき、魔力石の値段について聞きたかったんだと思うんだけど……。書くものがないと説明が面倒なんだよね」

そう言いながらメモ用紙とペンを用意すると、サラサラと何かを書き始めた。

「魔力石は、生物が死んだ時に発生するものだっていうのは知っているかな？」

「はい。天寿《てんじゅ》を全《まっと》うした場合を除いて、全ての生き物が死んだ時に現れるんですよね」

「そうそう。生き物の内包魔力が、魔力石の姿になって顕現《けんげん》するといわれているね」

魔力石は、全ての生物から採取することができる魔力の塊《かたまり》だというのが定説だ。

「この魔力石、グラムナードでの主な入手先はどこでしょう？」

「……迷宮、ですよね？」

「そう、迷宮。主に探索者が迷宮から持ち帰るものが一般に流通しているんだ。迷宮で採れた魔力石は必然的に、探索者協会に持ち込まれることが多くてね。それで今は、探索者協会から一般の商店に卸《おろ》されるようになっているんだよ」

そう言いながら、手元のメモに書き出した表を見せてくれる。

内包魔力	市場価格	卸価格	買取価格	利用先
一〇	一〇〇	九〇	八〇	一般家庭
九〇	九九〇	八九一	七九二	外町出張所
一〇〇	五四四五	四九〇一	四三五六	商店等

「特に出回りやすいのは、十と百の魔力石だね。九十はウチでよく使うから一応覚えておいて」

「――なんか、百になるといきなり値段が跳ね上がるんですね」

「それだけ需要があるんだよ。魔法具に使うのが主だけど、一般家庭なら一月《ひとつき》で十、客商売しているところだと百はないと厳しいみたいだね。ほとんどの店では、百でも毎週交換が必要だって話だし」

「その頻度《ひんど》じゃ十の方が格段に安くても、確かに交換する手間がかかりますもんね」

実際、毎日のように交換するんじゃ手間がかかって仕方ない。きっと、手間を取るかお金を取るかってことだよね。

「あれ？　でも、そうしたら九十の魔力石を使った方が経済的？」

だって、百だと値段が五倍以上もするんだよ？　手間をお金で買うにしたって、安く済ませたいよね。

「それが、どういうわけか二十～九十の魔力石だと魔法具が動かないんだよね」

「え？　動かないんですか⁇」

リエラは驚いて目を瞬《またた》く。

「うん。理由は分からないんだけど、動かない。でもウチの工房みたいに付与や付加に使ったり、研究用に購入する人もいたりするから、それなりの値段にはなっているんだよ」

ぶっちゃけて言うなら、十の代用品になるのは百だけだから、値段がガツンと上がってもそれを使うしかないってことらしい。

魔力石の価格の謎が解けたような気がするところで、今度はリエラがきちんと理解できているか確認させてもらおう。

「さっきは魔力石が思ったよりたくさん交換してもらえたんでビックリしたんですけど、卸《おろし》価格で計算されたからなんですね」

「ご名答。ちなみに、属性石は市場価格が二割増しになるよ。その分、買い取り価格も上がるし、水や火の属性石は協会でも重宝《ちょうほう》される。ただ、リエラちゃんが自分で売りに行くのはお勧《すす》めしないけど……」

そう言ってレイさんは、意味ありげに片目をつぶってみせた。

「この件について、僕が教えられるのはここまで。さっき紹介したから、魔力石が欲しくなったら協会で仕入れるといいよ」

そこまで言うと、さっき交換してもらった魔力石から九十のものを二つだけ取り出して、残りを袋ごとリエラの手に放り込む。

「在庫が合わなくなっちゃうから、それはリエラちゃんのね」

「え?? え??」

アワアワしているリエラを尻目に、レイさんはお昼ご飯をさっさと片付け始めた。

「さて、午後は調薬を頼むよ。必要なものは工房に揃《そろ》っているから、数は最低これだけで」

薬の数が書かれたメモを置いて、彼は売り場に行ってしまう。

「あ、はい！ 分かりました!!」

魔力石をどうするかは置いといて、とりあえずお仕事に戻らなきゃ。リエラも慌てて返事をすると、工房に向かった。

出張所の初日は、朝の怒涛《どとう》のような忙しさから始まったけど、夕方には大分《だいぶ》落ち着いた感じで終わる。時間帯によってこんなに忙しさが違うというのが不思議だ。レイさん曰《いわ》く、朝に来るのは、前日に用意ができていないのに急いで迷宮に入りたい人なんだって。

逆に、きちんと用意をして明日から迷宮に入る人は夕方に来る。そういったお客さんは、変に急かすようなこともなかったから、落ち着いて接客ができたよ。

夜になって自室に戻ると、魔力石を作業台の上で転がしつつ、レイさんが書いてくれたメモを見直す。

『育成ゲーム』で百まで育てた魔力石を売れば、一つ当たり三千ミル以上の利益が出る。更に、属性を付加すれば、利益は四千ミルを超えるんだよね。

レイさんが魔力石をくれたのは、リエラが石を欲しがる理由を把握《はあく》しているからだと思う。それで、入手方法やそのための資金繰《しきんぐ》りを示唆《しさ》してくれたんだろうけど……

彼が言うように、リエラが売りに行くと、入手方法が問題になりそうなんだよね。『育成ゲーム』のことは、あまり人に知られない方がいいんじゃないかと思うし。そうなると、誰かに売りに行ってもらうしかない。

まず、『育成ゲーム』について知っていそうな人。

それから、魔物を倒すだけの実力があり、実際に迷宮に行くこともある人。

その条件でリエラが思いつく相手は――アスラーダさんだけだ。

スルトの場合、『育成ゲーム』については知らないからね。それを話していいものかどうかも怪しい。そう考えると、自分で売りに行くのと大差ないことになってしまう。

悩みつつ一人で唸《うな》っていたら、突然、部屋にノックの音が響いて飛び上がる。

「はーい？」

この時間だとルナちゃんかな？　そう思いながら扉を開けると、目の前にいたのは思いがけない人。タイムリーなことに、アスラーダさんだった。

「俺に相談したいことがあるらしい、と聞いてきたんだが……」

「――えと、レイさんから聞いたんですか？」

「ああ」

やっぱり……。レイさんの気遣いは嬉しいけど、ちょっぴり気を回しすぎだ。

でも、せっかくお膳立《ぜんだ》てしてくれたんだから、もうそれに乗っちゃおうか？　そう開き直って、アスラーダさんを中に招き入れた。

「ちょっと廊下でお話しすることじゃないので……中でいいですか？」

リエラの言葉に、アスラーダさんはためらいつつも中に入ってくる。彼に椅子を勧《すす》めてお茶を淹《い》れ、『育成ゲーム』についての相談を始めた。

「ああ、そのことなら大雑把《おおざっぱ》にだが聞いている。それで？」

予想通り、彼もその話は聞いているらしい。

「毎週、魔力石の支給はあるんですけれど――アスタールさんに言われた目標を達成したらどうなるかが気になって、自腹で買っていたら、その……」

資金難になりました。……なーんて、よく考えたらなんて恥ずかしいんだろう。言い淀《よど》むリエラに、彼は苦笑を浮かべる。

「資金難か。それで、魔力石の買い取り額の差を利用して資金集めをしたい……と」

「ぶっちゃけて言うと、そうです」

口ごもった言葉の先を言い当てられたら、頷《うなず》くしかない。なんだかいたたまれない気持ちで肯定すると、彼は納得した様子で視線を上に向ける。

「なるほど。……まぁ、俺経由で魔力石を売るのは構わない」

「それじゃ、お礼は魔力石を売った金額から――」

「礼金なら必要ない。資金を調達しようとしているのに、そのために余分な金をかけてどうするんだ？」

「えええ……？」

またもや言葉を先取りされた上に、拒否されてしまった。

「でも、何かしらのお礼はさせてほしいんですが……」

お金を払うのが一番手軽な方法なのだけど……。それがダメだとすると、何で返すの

がいいだろう⁇

リエラが悩んでいると、アスラーダさんが苦笑しながらその方法を提案してくれた。

「じゃあ、売り上げを渡す時にでも、またこうして茶を飲ませてくれ。それでいい」

「なんか、割に合わなくないですか？」

「どうせ迷宮に入るたびに探索者協会へは行くんだ。なんの問題もない」

「そういうことなら……お言葉に甘えさせてもらっちゃいますよ？」

そのリエラの言葉には、頷《うなず》きだけが返ってきた。なんだか、利用だけさせてもらう感じでモヤモヤするよ。

「それじゃあ、これからよろしくお願いします！」

アスラーダさんにそう言って、頭を下げる。せめて飲みに来るだけの価値がある、美《お》味《い》しいお茶を淹《い》れられるように練習しよう。

何はともあれ、『育成ゲーム』の材料を調達する目途《めど》が立った。ただ、売ってもおかしくない量や属性を把握《はあく》しておいた方がいいだろう。そう思って、念のために聞いてみる。

「週に一度なら、水属性の三百を一つ交ぜてもいいな」

「内包魔力三百って……あんまり出回らないんじゃないんですか？」

「水なら、比較的簡単に手に入る。ちょうど今スルトを鍛《きた》えているのが『水と森の迷宮』

だ。そこの主《ぬし》から採ったものだと思われるだろう」

なるほど、納得です。

アスタールさんから借りた本によると、『水と森の迷宮』は四つの島に分かれていて、最低でも第三層まで広がっているらしい。春夏秋冬に分かれた島の、それぞれの階層に存在する主《ぬし》を倒すことによって、次の階層への道が開かれる。

単独行動する動物しかいない第一層と違って、第二層では同じ動物でも群れで行動するようになるから、危険度が跳ね上がるんだって。

そして第三層になると、単独行動をする魔物に変わるらしい。第四層があるとしたら、きっと群れで行動する魔物が出るんじゃないかな？

「そっか、主《ぬし》の魔力石ならそれくらいになるんだ……」

「スルトがもう少しマシになったら、お前も連れていってやる。同じ春の島でも、微妙に出てくる動物が変わるし、何より植生《しょくせい》が変わるからな」

へぇ、出てくる動物だけじゃなくて植生《しょくせい》も変わるのか。それは、是非《ぜひ》とも行きたい。

「楽しみにしています」

そう言って笑うと、アスラーダさんも笑顔になった。

最終的にお願いすることになったのは、無属性で内包魔力百のものを毎日三つずつ。

それから、週に一度だけ水属性で内包魔力三百のものを一つだ。アスラーダさんは週五で迷宮に入っているから、原価を差し引いても、毎週八万三千六百四十ミルの収入が入ることになる。

購入できる魔力石の量が、格段に増えるよ！

かかる資金を考えると、ちょっと眩暈《めまい》がするけど……。こんな無茶なお願い事も聞いてもらえるなんて、この『育成ゲーム』はよほど重要なものなんじゃないかな。

それなら、ご期待に添えるように、頑張って育てていかないと。

明日売ってきてもらう分を作った残りと、スルトから今日買った分。その全部を育てるために使ったから、今は内包魔力が五千五百八十かな？

計算上だと週に一万前後は育てられそうだ。目標達成の目安ができて、モチベーションも上がるね。育て終わったら、また何かを教えてくれるみたいだし、それも楽しみだ。

もちろん、そればっかりにかかずらっていて、お仕事をおろそかにするなんてことはできない。普段のお仕事もきちんとこなさないとね。

外町出張所に行き始めてから、早いものでもうすぐ一ヶ月になる。

仕事のペースが掴《つか》めてきて、魔力石への属性付加もスムーズに行《おこな》えるようになった。

最近では朝の属性付与のお仕事も少しずつやらせてもらえている。

属性の付与は、結構面白い。

付与したい属性と効果時間をお客さんに決めてもらって、それに対応した魔力石を用意。その魔力石を武器の柄《え》の部分に当てつつ、中の魔力をまとわせる。そうやってまとわせた魔力は、『魔力視』を使わなくても目に見えるんだよ。水の魔力ならほんのりと青っぽく、火の魔力なら赤っぽくなるから分かりやすい。

……実は最初、リエラはこの魔力をまとわせる作業が上手くできなかった。だって、付与しようと思っているのに、何故か付加になっちゃうんだよ？

これは普通の人だと逆に難しいそうなんだけど……

リエラが行《おこな》ったのは、魔力石に属性を付与するのと同じイメージだ。でも本来なら、その方法で武器に属性を付加することはできないらしい。

武器には基本的に、魔力との親和性《しんわせい》がない素材が使われている。そういった武器に行《おこな》えるのは付与で、一時的に魔法の力を宿《やど》す方法だ。

対して付加は、永続的に魔法の力を宿《やど》す。そのため、魔力と親和性《しんわせい》の高い素材を使ったものにだけ行《おこな》うことができるんだそうだ。

更に、付加を行《おこな》う場合には、内包魔力の多い魔力石が必要になる。そうでないと、術者の負担が大きすぎて、下手すると命にかかわるんだって。

確かに思い返してみると、あの時に消費した魔力はちょっと危ない量だった。一万くらいは減っていた気がするよ。

ちなみに、失敗したのは不幸中の幸《さいわ》いと言っていいのか、スルトの武器だ。『水と森の迷宮』の主《ぬし》に挑戦するために風属性を付与する予定だったんだけど……

リエラの失敗が原因で、主《ぬし》に挑戦する時以外は封印することになってしまった。永続的な効果のある武器を使っていては、本人の技量が上がらないからだそうだ。

それを聞いた時のスルトは涙目で、リエラも胸が痛んだよ。だけど、アスラーダさんが何かを耳打ちした途端《とたん》に、耳と尻尾《しっぽ》をピン！　と立てて——絶望の表情から一転、笑顔になったんだよね。

一体何を言われたんだろう⁇

「そういえばレイさん。ここって錬金術工房なのに、金物の加工はしないんですね」

「金物の加工、してみたいの？」

ふと思いついて口にしたら、レイさんはからかうように問い返してくる。リエラは至《し》極《ごく》真面目に頷《うなず》くと、自分の素直な気持ちを返す。

「やれることだったら、なんでもやってみたいです」

「なるほどね。金物の加工はやれないわけじゃないんだけど……。魔力の消費が激しいから、気軽にやるってわけにもいかないんだ」

「そんなに魔力を使うんですか？」

「そうだね……。例えばスルト君の使っている短剣を作るのに、千前後は使うかな。消費する魔力は、加工する素材や重量によって変わるけど……」

レイさんの説明に頷《うなず》きながら、心の中でしっかりとメモを取る。この説明からすると、素材次第で必要な魔力が増えたり減ったりするってことだよね？

「その上、せっかく作ったとしても、本職の鍛冶師《かじし》が作ったものよりも品質が落ちることが多いんだよ」

「ええっ？　使う魔力の量を増やしたら、品質が上がったりするってことはないんですか？」

思わず素《す》っ頓狂《とんきょう》な声を上げると、レイさんは苦笑しながら理由を教えてくれた。

「品質を上げるためには、素材をきちんと理解する必要があるからね。使い物になる武器を作り出せるようになる頃には、本職の鍛冶師《かじし》にもなれるんじゃないかな？」

「その時間があったら、リエラは他のお勉強を頑張りたいです……」

咄嗟《とっさ》にそう返したものの、魔法薬と関係ない素材についても勉強はした方がいいだろうなぁ……。こればっかりは、自分の希望は関係ない。

だってリエラは、『錬金術師』見習いだもの。魔法薬ばかりではなく、金属に関する造詣《ぞうけい》も求められるよね。

そんなことを考えつつ無意識に百面相《ひゃくめんそう》をしていたらしい。レイさんはそれを見て、可笑《おか》しそうにクスクスと笑っている。それに気が付いてむくれると、彼は謝りながら素敵な提案を口にした。

「仕方ない。それじゃあ、休み明けにアクセサリーの加工でもやってみようか」

「是非《ぜひ》！」

なんだかんだで教えてもらえるらしい。出張所に来てからは、物作りの仕事が少なかったから、すごく楽しみで思わず顔がにやけてしまう。

早く、週明けにならないかなぁ……

さてさて、やっと週明け！

午前中の忙《せわ》しなさを乗り越えたあとは、お楽しみの時間です。うずうずしているリエラに、レイさんが笑いをこらえながら用意してくれたのは、各種金属板と骨や皮。

これがアクセサリー作りの材料なのかな？

「せっかくだから、魔法具になるアクセサリーを作ってみようか」

そう言いながら、魔力石の詰まったケースも取り出す。

「これは、魔法を封じてある魔力石だよ」

魔法って、魔力石に封じることができるんだ！　そのことに驚いて、リエラは目を瞬《またた》く。

「アクセサリーに、この魔力石を組み込むんですか？」

「ご名答！」

わざわざ見せてくれた理由を考えて訊《たず》ねると、ウィンクと一緒に答えが返ってくる。

「魔力石は使い捨てだから、取り外しが利《き》くようにデザインを考えて作らないといけない。そこに気を付けてね」

そう言うとレイさんは、銀板を手に取り、魔力を通して成形を始めた。先にこうやってお手本を見せてくれているのだ。リエラは『魔力視』を使いながらじっと見つめる。

銀板の必要な部分にだけ魔力を用《もち》いて切り離すと、そのまま形を変えていく。複雑な形を取りながら、最後にクルンと丸まって出来上がったのは、何かを抱えるような格好で丸くなる竜の指輪だった。

思わず拍手をすると、照れ笑いが返ってくる。

「ここに、魔法を封じた魔力石をセットするんだよ」

「それにはなんの魔法を封じてあるんですか？」

「『着火』だね。竜って、火を噴くイメージがあるから」

赤い魔力石を嵌《は》め込むと、まるで卵を抱えているみたい。出来上がったものを見ながら訊《たず》ねたら、そう教えてくれた。

「そっか……」

言われてみると、魔法のイメージに合う形をしていた方が分かりやすいかも。でも、魔力石は付け替えもできるっていうから、そこまで考えなくてもいいのかな??

「一番安い『着火』を封じた魔力石でも、百回は使えるからね。魔法が使えない人なんかは結構重宝《ちょうほう》するみたいだよ」

「なるほど……。確かに、火打石《ひうちいし》とかより気軽に火が点《つ》けられそうかも」

アスタールさんから最初に借りた魔法の本。最近分かったのだけど、実は、普通ならあの中の一種類が使えればいい方なのだそうだ。魔法具なら誰でも使えるけれど、自力で魔法を使う場合は適性のある属性のものしか使えないらしい。『生活に使える魔法大全』なんて入門書っぽい題名なのに、詐欺《さぎ》にあった気分だ。

「用意した素材の中だと、銀が一番魔力との親和性《しんわせい》が高いんだよ。だから、最初はこれを使って練習してみてごらん」

レイさんはそう言いながら、今使った銀板の残りをリエラの前に置く。

今度は待ちに待った、リエラの番だ！

ウキウキしながら、銀板を両手で包んで魔力を送り込む。作るのは、レイさんがやってみせてくれたのと同じ、竜を模《かたど》った指輪だ。

金属に魔力を通すというのは少し難しい。何せ、魔力石のように魔力がスムーズに流れていかないんだもの。それでも、多少なりとも流れていく魔力を少し強引に押し込むようにして、思い描いた形になるように念じる。

やっとのことで出来上がったのは、なんとも歪《いびつ》な輪っかだ。初めてだとはいえ、これはヒドイ！

「むむぅ……」

「慣れてくれば、イメージ通りのものができるようになるよ」

落ち込む姿を気の毒に思ったのか、レイさんが慰《なぐさ》めの言葉を口にする。でも、なんとも言えない脱力感を覚えてリエラはうなだれた。

アクセサリー作りを教えてもらった日から、いつの間にか、もう二週間が経った。

あの日からお店の仕事の合間に、アクセサリー製作に勤《いそ》しんでいる。

実は、レイさんは動植物の加工は不得手で、金属の加工の方が得意なんだって。だから最初に銀の加工を教えてくれたんだけど……

リエラが苦戦しているのを見て、動植物の素材を使ってみることを提案してくれた。

その結果、植物素材だとビックリするぐらいにすんなりと成功したんだよ。植物の加工の方が、リエラは得意だっていうことらしい。

コツをきちんと掴《つか》むまでは植物系の素材で色々と作ることになった。そこでレイさんが用意してくれたのが、樫《かし》の木の枝だ。アクセサリーを作るのに大きな素材は必要ないから、その辺にある端材《はざい》とかでもいいかもしれない。

そういえば、この樫《かし》の枝を用意してくれた時に、こんな会話があった。

『樫《かし》の木は割と魔力を通しやすい素材でね――魔法使いを目指しているっていう探索者の人達が、よく大きな杖にして持っているね』

『おお、魔法の杖！』

『リエラちゃんも魔法使いなら欲しかった？』

『はい。なんか、魔法使いって杖を持っているイメージなので……』

『魔法を使うのに杖なんて必要ないし、邪魔なだけだと思うんだけど……。そっか、探索者の人達が変なわけじゃなかったんだね』

確かに、グラムナードの民で、大きな杖を持っている人なんて見かけない。リエラは、改めてイメージと現実の違いを感じたよ。

ところで、植物素材を使い始めてからの出来栄《できば》えは、意外と悪くない。

「植物系の素材だと、随分《ずいぶん》と細かい細工《さいく》も大丈夫みたいだね」

レイさんはリエラの手元を覗《のぞ》き込みながら、ゆったりとした微笑《びしょう》を浮かべる。

今作っていたのは、三つの指輪が交差して三連になった形のもの。このタイプの指輪には本来、石を嵌《は》める場所はない。でも今回は、真ん中に無理やり嵌《は》める場所を作ってみました！

そもそも普通に加工したんじゃ、木をこんな形にはできない。でも、魔力を使うと素材を問わず、粘土《ねんど》みたいに自由に変形させられるんだよ。だからこそ、こんな形も可能になる。同じ木でも色味が違う部分を使ったおかげで、色合いの異なるリングが絡《から》み合っていて、思っていた以上に綺麗にできた。

「今度は、透《す》かし彫《ぼ》り風のもやってみようか」

そう言ってレイさんは、見本になりそうな指輪をリエラの前に優しい手つきで置く。

五枚の花弁を持つ花と蔓《つる》を模《かたど》った繊細《せんさい》な作りで、なかなか手の込んだ作品だ。二輪の花の間に魔力石が嵌《は》め込めるようになっている。

リエラは新しい樫《かし》の枝を握りしめて、気合いを入れて作り始めた。

せっかく作るんだもの、今回作ったものはセリスさんにプレゼントしたい。それならモチーフは、動物にしよう。レイさんの見本とは系統が変わっちゃうけど、これはあくまで『透《す》かし彫《ぼ》りってこんな感じ』っていうイメージ見本。きっちりと真似しなきゃいけないってわけじゃない。……って言ってもらっているから、多分大丈夫。

セリスさんは最近スルトの猫耳に夢中だし、モチーフにする動物は猫で決まり！

手にした枝に魔力を送って変形させる。猫は網《あみ》のハンモックの真ん中に、横向きに寝転がって玉遊びをしているイメージだ。玉の部分を空洞《くうどう》にして、あとで石を嵌《は》められるようにしておこう。

最初に猫を作ってからリング部分の網《あみ》を作っていく。このアミアミ、結構神経を使うなぁ……。細すぎると折れちゃうし、太いと可愛くない。細くも太くもないギリギリのラインを見極めながら魔力を調整する。

あ、もしかしたら、足りない強度は魔力で補《おぎな》えるかも？　思いついたら即実行！

魔力がたくさん染み込むように、壊れにくくなるように、と念じながら、強度が不安な細い部分を魔力で覆《おお》う。しばらくの間そのままの状態を維持してから、魔力を拡散。『魔力視』を使って確認すると、魔力はきちんと指輪に留まっている。

「できた〜！」

「お疲れ様」

両手を上げて声を出すと、いつの間にかそばで作業を見ていたレイさんから、労《ねぎら》いの言葉をかけられた。だけど、声の調子がなんだか変だ。どうしたのかと視線を向けたら、少し困ったような苦笑を浮かべていた。

「どうしたんですか？」

首を傾《かし》げて訊《たず》ねると、彼は首を横に振り、今作ったばかりの指輪を手に取る。

「――これは、姉さんへのプレゼント？」

好きそうだよね、と言いながら浮かべる微笑《びしょう》は、いつものものと同じなようで何か違う。なんだろう？　でも、それは聞かない方がいいような気がして、リエラは口を閉じる。

なんだかモヤモヤするけど、仕方ない……よね？

セリスさんのために作った指輪は、レイさんが用意してくれた小さな木製の箱にクッション材を入れて仕舞い込む。この箱にも猫の柄《がら》を彫《ほ》って、可愛くラッピングしてから渡すことにしよう。

ああ、ルナちゃんにも同じようなのを作ってあげないといじけちゃうかも。そう思って、大急ぎでルナちゃんの分も用意する。こっちは、後ろを振り向く猫の背中と尻尾《しっぽ》の間に石を嵌《は》め込めるようにした。

後日二人に渡したらとても好評で、ものすごく喜んでもらえたから、リエラも満足です。

リエラの作る新たな世界

『育成ゲーム』の進捗《しんちょく》状況を見せるようにと言われたのは、『秋の三日月』の翠月《すいげつ》の日のことだ。夕食が終わって、食堂をあとにしようとしたところで、アスタールさんから声をかけられた。

「じゃあ、すぐにお伺《うかが》いします」

そう答えて、石の状態を心の中で確認する。

確か今のサイズが直径八センチに少し足りないくらい。今夜育てたら八センチを超えるだろうから、多分、内包魔力は九万近くになるはずだ。

アスラーダさんが協力してくれるようになってから、魔力石を購入するのは週末だけにしている。毎日買いに行けないのもあるけど、週に一度だと育てた時に目に見えて魔力石が大きくなる。それが楽しくって、そうしているんだよね。

本当は、毎日ぐんぐん大きくできたら楽しいんだけれど。そこはぐっと我慢して、アスラーダさんに売ってもらうための魔力石だけを育てている。

でも、毎日やっていたら飽《あ》きちゃうかもしれないし、これくらいがちょうどいいのかも。

部屋に戻ると、育て中の魔力石を買ってきたばかりのものと一緒にカゴに仕舞う。それから、アスタールさんの執務室《しつむしつ》へ向かった。

執務室《しつむしつ》の扉をノックすると、すぐに返事が返ってくる。扉を開けたら、アスタールさんがこの間育てていた大きな水晶玉の一つに触れて目を閉じていた。よく『視《み》る』と、指先から水晶玉の中に魔力を送り込んでいるみたい。

しばらくその様子を見守ったあと、魔力を送り終わったアスタールさんに言われて、いつものソファに腰かける。

「さて、見せてもらえるかね？」

そう催促《さいそく》されて、カゴから育て中の魔力石を取り出す。両手の上にのせて見せたそれは、微《かす》かに虹色の光を放っていた。

この光は、直径五センチを超えた頃からだんだんと強くなってきたものだ。暗い中に置いておくと、なんとも幻想的で綺麗なんだよね。足元に置いておけば、夜中にトイレに行く時に躓《つまず》かないで済むし、結構重宝《ちょうほう》していたりする。

アスタールさんはしばらくそれを眺めてから、テーブルの上に置かれたカゴに視線を移す。

「今日の分はまだなのかね？」

そう問われて頷《うなず》くと、育ててしまうようにと指示が出た。

アスタールさんに比べると、リエラの魔力操作はまだまだ拙《つたな》い。だから目の前でやるのは、ちょっぴり気恥ずかしいんだよね。

アスタールさんは指先に、必要な分だけの魔力を薄くまとわせることができる。それに対してリエラは、指先から肘《ひじ》にかけての部分に一センチくらいはあるに違いない分厚《ぶあつ》い魔力をまとわせるのがやっとだ。でも頑張って続けていく他に上達方法はないと思うから、今できる精一杯《せいいっぱい》の状態を見てもらえばいい……よね？

それはそれとして、この育てている魔力石。最近、光が増すのと同時に、だんだんと感情のようなものを見せるようになってきた。

小さな魔力石を食べさせると、嬉しそうに光が瞬《またた》くんだよ。そのせいで、なんだか雛《ひな》鳥《どり》を育てているような気分になっていたりする。今も片方の手にのせた魔力石に食べさせてやると、手の中で嬉しそうに光が瞬《またた》く。

それが嬉しくてせっせと食べさせたものだから、今週分の魔力石の山はあっという間になくなってしまった。

「あと一息といったところだな」

「そうですね、次の週末には目標達成できると思います」

リエラの返事に頷《うなず》きながら、アスタールさんは何やら少しだけ悩むそぶりを見せた。けれど、すぐに書き物机の引き出しから木製の箱を持ってくる。カラコロと音がするのは、中に魔力石が入っているからだろう。その中から大きめの魔力石を無造作に掴《つか》み取ると、リエラに渡す。

「――せっかくだ。今日、完成させたまえ」

言われるままに再び石を食べさせると、少し光の瞬《また》きが速くなる。すぐに次の石を渡されたので、二つ三つと、どんどん食べさせていった。

「そろそろ……か」

最後の一つを食べさせようとした時、アスタールさんが期待するように呟《つぶや》く。

その意味を問いかけようと視線を上げた瞬間、最後の一つを食べた魔力石が脈《みゃく》打《う》った。

――ドクン。

手の中の魔力石から柔らかな虹色の光が漏れ出し、部屋の中を埋め尽くす。

驚きながらも、その光に見惚《みと》れていたのはどれくらいの間だったのか……。気が付くと光は収まっていて、リエラの手の中にあるのは、仄《ほの》かに熱を持った石。

「おめでとう」

簡素な祝いの言葉が、アスタールさんの口から発せられる。

「ありがとう、ございます……？」

その声音《こわね》の中に抑《おさ》えきれない喜びの感情が含まれているような気がして、思いがけず、問うような返事になってしまった。

「それは君の、記念すべき初めての『賢者の石《けんじゃのいし》』だ」

「え……？」

アスタールさんのその言葉に、リエラは耳を疑う。

「『賢者の石』ですか……？　それって確か、錬金術師の最終目標的なものですよね⁉」

愕然《がくぜん》としながら、アスタールさんを見つめる。それなのにアスタールさんは、なんでもないことのような顔をして頷《うなず》く。

「なんというか、もう、どういうことなのか全然分からないんですけど……」

「説明していないのだから当然だろう」

シレッとした顔でそう言われたものだから、だんだんと腹が立ってくる。アスタールさんって、なんでこう……いつも大事なことを教えてくれないんだろう？

むーっとした顔をしていると、微《かす》かにアスタールさんの眉尻が下がる。

「君の腹立ちも理解はできるのだが、これは通過儀礼の一種だと思って我慢してくれたまえ」

「でも、人が驚いたり怒ったりするのが分かっていて黙っているのはひどいです」

流石《さすが》に今日は反論させてもらおう。プーッと膨《ふく》れて言うと、アスタールさんが右耳をピクピクさせながら問いかけてくる。

「君は、自分が作っているのが『賢者の石』だと最初から知っていたとしたら、先程それが誕生した際に同じような感動は覚えなかっただろう？」

考えてみると、確かにそうかも……？

もしかしたら、育てることにはもっと熱心になっていたかもしれない。でも、『賢者の石』の誕生の瞬間に、さっきほどは感動しなかったような気がする。

「初めてその手で生み出すものの正体は、知らないでいた方がいい時もあるのではないかね？」

そう言われて、渋々《しぶしぶ》頷《うなず》く。リエラが肩の力を抜くと、アスタールさんは目を閉じてわずかに上を向いた。

「私も、初めて『賢者の石』を作った時、祖父に同じことをされた」

そう呟《つぶや》いて、ほんの微《かす》かに頬《ほお》を緩《ゆる》める。きっと、その時のことを思い出しているんだろう。少しして目を開けると、リエラをまっすぐに見た。

「その時、さっきの君と同じように怒りを感じたものだが……。やはり、初めての時の感動を君にも味わってもらいたいと、そう思ったのだ」

アスタールさんが今浮かべているのは多分、苦笑だ。両耳がぺたんと肩につくくらいに下がっている。

リエラはため息を吐《つ》いた。

「もう怒っていません。確かに、知らない方がいいこともありますし……」

それを聞いてほっとしたのか、垂れ下がっていた耳が少しだけ上向く。

「では、今日はこの辺で休みたまえ。明日は朝から、川遊びにでも出かけよう」

「え……？　あ、はい」

なんだかよく分からないけど、明日は朝から二人で川遊びに出かけるらしい。

次の日は朝食が終わると、アスタールさんとお出かけの準備をする。倉庫から引っ張り出してきたのは、少し古びたスコップと小さなバケツ。それから魚捕り用の網《あみ》と虫捕り用の網《あみ》。そして最後に、昨日出来上がったばっかりの『賢者の石』だ。

川へ行くと言っても目と鼻の先だから、お弁当は必要ないらしい。

「準備はこれで大丈夫ですか？」

「うむ」

リエラの質問に頷《うなず》くアスタールさんも、同じ道具を一式と『賢者の石』を持っている。どうしたのかと思ったら、昨日の夜の間に作ったらしい。

そんなに簡単に作れるものなのかと、軽く衝撃を受けたよ。でも、材料さえ揃《そろ》えられれば、リエラも四日程度で作れそうだ。

結局お金の問題かと、自己解決したんだけど……それはともかくとして、ちょっと荷物が多すぎる。

「アスタールさん。提案なんですけど……」

流石《さすが》に少し減らしたくて、魚捕り用の網《あみ》と虫捕り用の網《あみ》は、どちらかを一本ずつ持つことを提案した。

「では、そうするとしよう」

提案はあっさり採用。他にも減らせるものがないかと聞くと、それには首を横に振る。何か理由があるらしいけど、教えてくれないんだよね。

工房を出て、近くを流れている小川に向かう。目的地はここなのかな？

「虫捕りと魚捕り、どちらがいいかね？」

「魚捕りはしたことがないので、虫捕りにします」

リエラはそう言って虫捕り網《あみ》を手に取ったんだけれど、ここでちょっとした問題が発生した。

「……カゴを忘れた」

「なら、代用品を作りましょうか」

問題というか、捕まえた虫を入れるカゴを忘れてきちゃったんだよね。近いとはいえ、取りに戻るのも面倒だ。仕方がないので、リエラはその辺の草を使って簡単なカゴを作る。普通に編んで作ると時間がかかるから、草に魔力を通してくっつける方法を使った。

「はい、できました」

「それだけ滑《なめ》らかにできるなら……」

リエラの様子を眺めていたアスタールさんが、何かを言いかけてやめる。

「え？」

「いや、なんでもない。では、私は魚を捕ることにしよう。君は、虫を一種類につき最低二匹ずつ捕まえてくれたまえ」

「⁇」

何を言ったんだろうと聞き返すと、何故かはぐらかされた。そのまま魚捕りに向かうアスタールさんは話す気がなさそうだ。仕方なく、リエラも虫捕り網《あみ》を手に取る。

それから一時間ほどの間に、リエラは色んな種類の虫を捕まえることができた。アスタールさんの方はというと、水草と川エビに、水棲《すいせい》の虫や貝だけ。あまりの成果の差に、アスタールさんは肩に触れるほど耳を垂らしてしょんぼりとしている。

リエラもどっちかというとトロくさいと言われる方なのだけど、アスタールさんはその上を行くらしい。でも落ち込んでいるところに、追い打ちをかけるのは可哀想《かわいそう》だ。ここは突っ込まないことにしよう。

「アスタールさん、この虫をどうするのか教えてください」

「んむ……これは随分《ずいぶん》と色々捕まえたものだな」

リエラが捕ってきた虫を確認したアスタールさんの耳が、驚いたようにピンと立つ。

「ふっふっふー。虫捕りは得意です」

そう、虫捕りは得意なんだよ。毎年秋になると、孤児院のみんなで食べられる昆虫を集めに行っていたんだけど、リエラはその中でも上位五人に入るほどの名人なのだ。

えっへん。

見た目は良くないけど、虫も調理法によっては美味《おい》しく食べられる。孤児院にいた頃は、おやつ代わりに炙《あぶ》って食べたりもしていたんだよ。

とりあえず、今日は何に使うのか分からないから色んな種類を捕まえた。最低二匹ずつと言うからには、一人一匹ずつ必要なのだろうと思って、リエラの分とアスタールさんの分でカゴを分けておいた。更に種類ごとに分けてあるから、カゴは結構な数だ。

「私の分と君の分を、別に用意したのかね？」

「最低二匹ずつってことだったので、その方がいいかと思って……」

「うむ。よく気が利《き》く」

アスタールさんは少し頬《ほお》を緩《ゆる》めると、軽く頭を撫《な》でてくれた。褒《ほ》められたことが嬉しくって、思わずリエラも口元が緩《ゆる》んでしまう。

「では、まずは下準備をしよう」

アスタールさんはそう言うと、持ってきたシャベルで足元の土を掘り返す。リエラがそれを真似していたら、アスタールさんは腰のベルトに下げていた袋から『賢者の石』を取り出して、地面の上に座り込んだ。リエラも座るようにと手で示されたから、その正面に座った。

「今からやることの説明をしよう」

その言葉に期待を込めた目を向けると、アスタールさんは微《かす》かに微笑《ほほえ》みながら続ける。

「これから、『賢者の石』の中に箱庭《はこにわ》を作ろうと思う」

箱庭……。今から作るっていう箱庭って、絶対あれですよね⁉

思わず身を乗り出すと、アスタールさんは少し驚いた様子を見せた。

「箱庭を作るにあたって、それなりの種類の材料が必要になってくる。流石《さすが》の『賢者の石』も、無から何かを作り出すことはできないのだ」

「今、集めた虫や川の生き物が、その材料なんですか?」

リエラの問いに、アスタールさんが頷《うなず》く。

「とはいえ、まず必要になるものは、『土』と『水』だ。まずは、それらを『吸収』させるところから始めることにしよう。……何か質問はあるかね?」

その問いにリエラは首を横に振る。聞かなくても順を追って教えてくれるという、確信があるからだ。

「では、始めるとしよう。箱庭を作るためにまず行《おこな》うのは『吸収』だ。口に出してもいいし、心に思い浮かべるだけでもいい」

リエラが頷《うなず》く間も、説明が続く。

「物質の取り込みを始めると、『賢者の石』は仄《ほの》かに光り出す。この状態の間は延々《えんえん》と周りの物体を取り込み続けるのだ。だから物質の取り込みを終えたい時には、必ず『吸収を終了する』ことを意識するように」

そう言ってから、アスタールさんは実際にやってみせてくれる。『吸収』という言葉に反応して、左手にのった『賢者の石』が仄《ほの》かな虹色の光を放ち始めた。

その上に、慣れた手つきで掘り返した雑草交じりの土を振りかける。随分《ずいぶん》と雑だけど、土は空中で拡散することなく、吸い込まれていく。

「ただ、この『吸収』で生物を取り込むのは危険なのだ」

ちょっと引っかかる言い方だ。可能なのに、やらない方がいいみたいに聞こえる。

「生き物を取り込むこともできるけど、やらない方がいいってことですか？」

「うむ。生きた状態で取り込むと、制御が利《き》かなくなる」

「制御……ですか？」

生き物を制御するって、ちょっと怖くない？

「『賢者の石』から作り出した箱庭は、製作者の制御下に置かれる。必然的に箱庭内の生物も、製作者の意思に従うようになるのだが……」

「『吸収』した生物だけは、言うことを聞いてくれないんですね」

「うむ。最悪の場合、製作者に害を為《な》すことがあるのだ」

「なるほど……」

ここまでの話をまとめると、こんな感じかな？

その一、『賢者の石』は箱庭を作るための道具である。

その二、『賢者の石』の中に箱庭を作るためには、製作者が素材となるものを集めて『吸収』させる必要がある。

その三、『賢者の石』の中には生物・無生物を問わずに『吸収』させることができる。

その四、『吸収』させた生物は製作者の意思に従わない。箱庭内に製作者が入った時、その生物に襲われる可能性がある。


害を為《な》すって、そういうことだよね？

念のために、アスタールさんに確認してみる。

「まとめるとこんな感じでしょうか？」

「うむ」

良かった。リエラの認識は間違ってないらしい。ついでだから、もう一つ……

少しドキドキしながら、アスタールさんの顔を覗《のぞ》き込む。

「この箱庭って、迷宮と同じものですよね？」

これは質問じゃない。単なる確認だ。

「うむ」

リエラの確認に、アスタールさんは満足げに頷《うなず》く。

「詳しい話は、部屋に戻ってからするとしよう」

その言葉に従って、集めた素材達をさっさと『賢者の石』に『吸収』させてしまう。

水の生き物も、もう少し欲しいと言われて、リエラはもうひと頑張りする。その結果、お昼前には、アスタールさんが満足できるだけの種類を確保できた。

ところで、魚捕りを一緒にやってみて、アスタールさんがあれしか捕まえられなかったことに納得したよ。アスタールさんって、リエラ以上にニブチンなんだね……

ビックリしたけど、もしかしたら思考速度に体の動きがついていってないのかも？

何はともあれ、今日のノルマは達成だ。使った道具を倉庫に仕舞い直して、お昼ご飯を食堂で食べる。いつもは工房にいる人全員で食べるんだけど、今日はお休みの日だからか、三人ほどお出かけしていた。

お昼ご飯の片付けを手伝ってから、言われた通りアスタールさんの執務室《しつむしつ》に向かう。

『賢者の石』の使い方の続きを教えてくれる予定だから、リエラの胸は期待ではちきれそうだ。逸《はや》る気持ちを抑《おさ》えて、扉の前で深呼吸。

少し気持ちが落ち着いてからノックをすると、すぐに入るようにという返事があった。

扉を開けたら、応接セットの椅子に腰かけたアスタールさんがお茶を飲んでいる。

相変わらずビーカーで淹《い》れているけど、何かこだわりがあるのな。どんなこだわりかについては、想像もできないけど。

テーブルの上にはお茶の他に、箱詰めされた何かがうず高く積み上げられていた。ちょっと上の方がぐらぐらしているように見えて怖い。座る前にさりげなく、位置を直しておく。

「お待たせしました」

リエラがいつもの席に腰かけると、アスタールさんは首を横に振りながらお茶をテーブルに戻した。

「では、まずは概要だけ説明するとしよう」

そう言ってアスタールさんが説明してくれたのは、こんな内容だ。

その一、『賢者の石』は内部に様々な素材を『吸収』させることにより、リエラ達が生活しているのとは全く違う世界を作ることができる。

その二、『賢者の石』は素材を『保存』することにより、その時の状態のまま取り出せる。『保存』できる量は、『賢者の石』の内包魔力によって変わる。

その三、『賢者の石』は『吸収』したものを生物・無生物にかかわらず増殖させられる。

ただし増殖は一度きりで、使用した『賢者の石』は消失する。また、一つの『賢者の石』で増殖させられるものは一種類のみである。

その四、一～三を、一つの『賢者の石』で同時に行《おこな》うことはできない。

その五、『賢者の石』には使用者権限が存在する。製作者が第一権限を持ち、様々な運用方法を決定することができる。最大十人まで権限を与えることが可能。第二～第十までの権限者は、第一権限者が許可した事項のみ使用できる。第一権限者が死亡した場合、次点の権限者にその権限が移動する。


そこまで説明すると、アスタールさんが立ち上がった。そして扉のそばにある水晶玉の前からリエラを手招きする。

「少しの間、手を触れていたまえ」

呼ばれるままにそちらへ移動すると、アスタールさんは水晶玉を示してそんなことを言い出す。リエラは、理由が分からないながらもその通りにする。

「これも、『賢者の石』だったんですね……」

思わず呟《つぶや》いたのは、初めてこの部屋に入った時から、やたらと大きな存在感を放っていた水晶玉の正体を理解したせいだ。まさか、これが『賢者の石』だったとは……。

「そういえば、君はこの部屋に来るたびにこれを気にしていたな」

アスタールさんはそう相槌《あいづち》を打ちながら、『権限共有』と呟《つぶや》く。

「共有者・リエラ。『魔力委譲《いじょう》』・『攻撃対象外』」

そのあとは、並んでいる他の『賢者の石』に対しても同じことを事務的に繰り返す。

「『権限共有』って、なんですか？」

一つを残して、全ての水晶玉に『権限共有』とやらが行《おこな》われた。さっき説明してくれたものだとは思うけど、念のための確認だ。

「今ので、君にこれらの迷宮の使用者権限を付与させてもらった」

「さっき教わったやつですよね？」

「うむ」

「一つだけ、やってないですけど……どうしてですか？」

「あれは、私個人のものなのだ」

個人的にも迷宮を持っているんだ……。ちょっとビックリ。

「君は、この町に存在する全ての迷宮の第二権限者になる。私に何かあった時には、頑張ってほしい」

「ええ……？」

さりげなく『全ての迷宮』の権限なんて言っているけれど、おかしくないですか⁉

いやいや、他に適任者がいますよね？　アスラーダさんとか、セリスさんとか。

「最終的な管理は、全属性に適性がある者にしかできない。現状、私以外の適任者は君だけだ。諦《あきら》めたまえ」

リエラが渋々《しぶしぶ》ながらも頷《うなず》くと、アスタールさんは他の内容について説明を始める。

「まずは『魔力委譲《いじょう》』だが、これは『賢者の石』に、魔力の補充を行《おこな》うためのものだ。『賢者の石』を維持するために、不足している内包魔力の補充を行《おこな》うことができるようになる」

「あ、『賢者の石』の魔力をリエラが使えるわけじゃないんですね」

危ない！　勘違いしてた！

「それも可能だが、ここにある『賢者の石』はグラムナード内にある迷宮の心臓部だ。下手をすると、迷宮が崩壊してしまう。そのため、『賢者の石』からの魔力利用はしない方がいい」

「なるほど……。でも念のため、『賢者の石』の魔力を使う方法もあとで教えてください」

「うむ。自分の『賢者の石』から使用する分には好きにしたまえ」

アスタールさんはリエラの要望に頷《うなず》くと、『賢者の石』から魔力を引き出す方法をサラッと教えてくれた。場合によっては、使う必要があるかもしれないからね。

「では次の項目に移ろう。『攻撃対象外』は、箱庭内の生物・罠《わな》などの攻撃対象から外すためのものだ。ただし、同行者が戦闘行為に及んだ場合にはその限りではない」

「例えばスルトが猪《いのしし》に襲いかかったら、スルトだけじゃなくリエラも蹴《け》られる可能性があるんですね」

「うむ。更に、箱庭内の生物にしか、この条件は適用されない。ゆえに使用者権限があっても、無防備に箱庭内を歩くのは勧《すす》められない」

「それは……他の探索者さんとかに襲われることもあるかもしれないってことですか？」

「うむ。その理解でいい」

逆に言うなら、他の人が入ってこないような状態だったら、一人歩きも可能ってことだね。リエラが作る箱庭は、外から人を入れないようにしよう。そうすれば、自分の作った箱庭の中を好きにほっつき歩ける。

なんだかそれって、新雪《しんせつ》の上を歩くような気分になれそうでウキウキするね。そう考えると、箱庭を作るのがより一層、楽しみになってきたよ。どんなものがいいかな……？

「さて、次はこの箱の中身を片付けてしまおう。これを『吸収』させ終えたら、最後に少しだけ箱庭に手をつけるとしよう」

「おおお！　やった!!」

アスタールさんのその言葉に、思わず飛び上がって喜ぶ。だってね、箱庭の話を聞いてから、作るのをすごく楽しみにしていたんだもの。踊り出したいくらいだよ！

早速《さっそく》、応接セットのテーブルの上の箱を開けてみる。積み上げられた箱の中身は、工房でよく使っている素材達だ。セリスさんが用意してくれたそうで、リエラが箱庭を作るのなら、そこで薬の素材を採集したいだろうと思って、調薬に使えそうなものをメインに選んだらしい。

セリスさんの女神度に磨《みが》きがかかっている……！　本当の女神様は猫神《ネコ》様だけど、リエラにとってはセリスさんこそが女神様だ。

そんなアホなことを考えながら、せっせと用意してもらった素材を『賢者の石』に『吸収』させていく。箱が山積みになっているだけあって、『吸収』させる素材は大量だ。

素材の中には、おそらく残飯《ざんぱん》だと思われる骨も交じっていた。

「なんで骨が……？」

昨日の夜に食べた兎《うさぎ》さんのローストを思い出しながら、驚きを口にする。

「骨も、立派な素材になるではないか」

即座にアスタールさんから返ってきたのは、当然と言わんばかりの言葉だ。

「ってことは、これを『吸収』させると兎《うさぎ》さんがリエラの箱庭にお見えになると……」

「うむ」

「虫さんは丸ごと必要だったみたいですけど、兎《うさぎ》さんは骨だけでいいんですか？」

「うむ。問題ない」

「その差にも理由はあるんですか？」

「詳しい理由は私も教わらなかったのだが、手の平に載る程度の量があれば問題ないようだ」

手の平に載るくらいの量ってことは、リスさんとかは全身必要らしい。パッと見で小さめな生き物だったら、丸ごと『吸収』するって覚えていれば間違いなさそうだね。

その他にも戸惑う素材はあった。何かの切れ端《きはし》だったり、長めの枝だったり。ひどいのだとオガクズの山というのもあった。

「なんというか、原形がなくってもいいんですね……」

そう呟《つぶや》いたのは、オガクズの山を見つけた時だ。リエラの前にあるものを見て、呟《つぶや》きの内容に合点《がてん》がいったらしいアスタールさんが説明してくれる。

「最初は私も戸惑ったのだが、そういうものらしい。器《うつわ》の形をしていても、剣の形をしていても、木は木という判断のようだ。知らなかった頃は、必死で苗木《なえぎ》を探したのだが……」

そう言いながら、昔を懐かしむように少し遠い目をした。

「リエラも、セリスさんがこうして用意してくれてなかったら、同じことをしてたかも」

その言葉に、アスタールさんの耳が面白がるようにピクピクする。どうも、リエラが苗木《なえぎ》を探し歩く姿を想像したっぽい。

「――終了！」

やっと、テーブルに載っていた素材が全て片付いた。やりきったという達成感と共に、何気なく執務机の上にある時計草《とけいそう》を見ると、もうすぐお夕飯の時間だ……！

「うわ、もうこんな時間⁉」

思わず素《す》っ頓狂《とんきょう》な声を上げると、アスタールさんの耳がピコンと跳ね上がる。

「ああ……。これじゃあもう、時間切れですよねぇ……」

今日はすっかり、箱庭作りを教わるつもりでいたのに……。しょんぼりすぎる。

肩を落として脱力していると、アスタールさんが思わぬことを言い出した。

「では、食事のあとに続きをすることにしよう。君は今のうちに、急いで入浴してきたまえ」

なんて素敵なお申し出！

アスタールさんにお礼を言うと、リエラは大慌てでお風呂に向かう。そのあとは、楽しくお夕飯を食べて——やっと待ちに待った箱庭作り！

ところで、アスタールさんは箱庭って呼んでいるけど、リエラの中では迷宮のイメージなんだよね。でも、呼び方は合わせておかないと頭がこんがらがっちゃいそうだし——。

仕方がない。これからは入り口が固定されているものを迷宮、そうでないものは箱庭と呼ぶようにしよう。

アスタールさんと二人で執務室《しつむしつ》に戻ると、ソファに腰かけて『賢者の石』を膝《ひざ》の上にのせ、準備完了！

リエラが期待に満ちた目を向けると、アスタールさんは楽しげに目を細めた。

「では、始めるとしよう」

そう言うと、『賢者の石』に手を添えて『領域作成』と唱える。その声に応《こた》えるように、『賢者の石』から光が出て、中空《ちゅうくう》に何もない空間が映し出された。

「これが、今から作る箱庭の姿だ」

「——空《から》っぽ、ですね」

「うむ。まずは、『大地型』と『洞窟型』の二種類からどちらかを選ぶ必要があるのだ。君はどちらがいいかね？」

説明を聞いていたら、唐突に選択を迫られる。

「えっと、『大地型』と『洞窟型』の違いってどんなものですか？」

どっちがいいって聞かれても、違いが分からないと選びようがないよね。

「まずは『大地型』から説明しよう。グラムナードにある箱庭は、基本的に『大地型』だ。『大地型』にすると、基礎となる地質を決めた時点で空を含めた土地が作成される」

あ、空もセットなんだ。

「気候とかはどうなるんですか？」

「その説明は、箱庭の『型』を確定してからの話になる。順を追って説明するから、少し待ちたまえ」

思わず口にした疑問は、アスタールさんにやんわりと窘《たしな》められてしまう。ちょっと気が早すぎたらしい。

「もう一つの『洞窟型』は、地質を決めたあとにすぐ『明るさ』と『設計』の設定を行《おこな》うことになる。『明るさ』は照明の有無。『設計』は人工のものか自然のものかの違いになる」

うーん？　リエラには『洞窟型』の方は想像しづらい。『洞窟型』の迷宮に行ったことがないからというのもあるのかな。

あ、そうだ。リエラの欲しいものが手に入りやすい方に決めればいいんじゃない？

方針が決まったら、するべき質問は一つだけだ。

「素材がたーくさん欲しい場合って、どっちの方がお勧《すす》めですか？」

それを聞いたアスタールさんの両耳が、またピクピクする。

そんなに面白いですか？

「君が欲しがりそうな素材ならば、『大地型』の方がいいだろう。そちらにするかね？」

「じゃあ、『大地型』で！」

もちろん、即決。リエラの欲しい素材は、薬草系がメインだ。そうなるとやっぱり、『大地型』になるらしい。

「では、私は『洞窟型』にしよう。作成や追加、もしくは変更を行《おこな》う場合、『領域作成』と唱えたまえ」

「では早速《さっそく》！　『領域作成』」

リエラがそう唱えると、さっきアスタールさんの前に現れたのと同じように、なんにもない空間が映し出される。ここに今からリエラの箱庭が作られるのか……

わくわくしちゃうね！

ただ、リエラの目の前に映し出されたのは、これから箱庭を作り出す空間だけじゃなかった。アスタールさんが同じことをした時には、空《から》っぽの空間しか見えなかったのに。もしかして、『賢者の石』の所有者だけにしか見えないものもあるのかな？

◇領域設定◇
・大地型　・洞窟型　・水中型
以上の中からお選びください。

なんか、アスタールさんが言っていたもの以外の選択肢も出てきちゃったよ。『水中型』っていうのは……その名の通り水の中？　もしそうだとすれば、自分が迷宮に入ることすらできそうにない。だから無視することにして、最初に決めた通りの設定を選ぶことにする。

「『大地型』」

「次に、別の選択肢が提示される。ここでも自分が好きなものを選んで口に出せばいい。そのあと、『配置対象と割合』を決定したら、一旦《いったん》『領域作成終了』と口にするように」

◇基礎設定◇

・砂・砂利《じゃり》・岩・土（上）・土（中）・土（下）

以上の中からお選びください。

むむむ？　薬草とかが欲しいとなると、必要なのは土だよね。

砂地や岩に生える草もあるかもしれないけれど、種類は多くなさそうだから除外しよう。砂利《じゃり》は砂地と岩の中間（？）っぽいし、これも除外っと。

でも、土の品質だけでも三つの選択肢があるのかぁ……。流石《さすが》に（下）だと薬草類の質が悪くなりそうだ。そうなると、（上）か（中）のどっちかかな。

「『土（中）』」

悩んだ結果、真ん中の品質にする。あとから変更もできるかもしれないしね。

基礎となる地質を決定すると、映し出された空間が、殺風景《さっぷうけい》な地面を見下ろす形に変化した。

「おおおー!!」

変化が即座に視認《しにん》できるなんて……！　驚いたけど、なんか楽しい!!

それともう一つ、映し出されている内容に変化がある。それは、右上に新しく表れた数字だ。

九〇三〇〇／一〇〇三〇〇／一〇〇〇

「アスタールさん、基礎となる地質を設定したら、右上に数字が出てきました」

「うむ。左から順に、魔力残量／内包魔力／維持魔力となっている。何か分からないことはあるかね？」

「えっと……。内包魔力の数字って何が元になっているんですか？」

「『賢者の石』を育てるために使った魔力石の内包魔力を合計したものになる」

「魔力残量がそこから一万減っているのは？」

「領域設定と基礎設定の際に消費された魔力ではないかね？　ちなみに、領域や基礎を決定した時点で消費されるのだが、この魔力は使い切りになる」

「ってことは、一度使用するともう増えないんですか……」

「うむ。魔力残量がマイナスになると、『賢者の石』が形を保てない。気を付けたまえ」

「うぇえ!?　そういうのは先に教えておいてください！」

『大地型』と『土（中）』を選択しただけで、既《すで》に一万も減っている。これ、もし土（上）を選んでいたらどうなっていたの？

「現時点ではまだ確定値ではない。今のところは気にせず進めたまえ」

青くなるリエラに、アスタールさんはそう指示する。

でも、減った数字が見えると不安感がマシマシだ。念のため、先にその他の注意点を聞いておきたい。そうは言っても、何を聞けばいいものやら？

「えっと、今から気を付けておいた方がいいことはなんですか？」

途方《とほう》に暮れながら、ようやく口にできたのはこんな言葉だけだった。だって、何をどう聞いたらいいのか見当もつかないのだから仕方がないよね？

「今行《おこな》っている『領域作成』を終了する時点で、維持魔力よりも魔力残量が多めに残っていれば問題はない」

怖い、怖い！　それも大事な情報！

うっかり魔力残量がなくなった状態で終わらせたら、『賢者の石』を作り直さないといけないってことだよね？　聞いておいて良かった。

「ちなみに、『賢者の石』の中には内包魔力の範囲でなら何を作ってもいい。だが、箱庭を維持するためには魔力残量から毎日、作成にかかった魔力の十分の一を支払わなければいけないのだ」

「うえ!?　じゃあ、維持魔力の分として、魔力残量もある程度確保しておかないといけないんですね？」

「うむ。一応、あとから内包魔力を増やすこともできるのだが……。それには時間が必要になってくる」

「魔力石を食べさせて更に育てることはできないんですか？」

「それも有効な手段ではある、が……」

アスタールさんの返事は、なんだか煮え切らない。

「君は魔力石を自力で調達できないのではないかね？」

「う」

いつも、探索者協会さんで買っています！　バカにならない金額がかかるから、そのためのお小遣い稼《かせ》ぎまで始めてしまいました!!

「そうなると、資金の面で無理があるように思えるのだが……」

アスタールさんの心配そうな瞳から、そっと視線を逸《そ》らす。

「お金をかけないで済む方法があるなら、そっちの方がありがたいです」

「その方法はあとで説明しよう。今は続きを選択したまえ」

「はい……」

質問タイムは、これで一旦《いったん》終了。仕方がない。今は、次の工程に集中しよう。

◇配置対象・配置割合の選択◇
以下のものから選んで、配置する割合を決めてください。

割合は一割〜十割まで設定することができます。
・植物　・無機物

まずは薬草が欲しいから、植物だ。無機物は石や岩の類《たぐい》だから、必要になったら考えることにして、今は無視しよう。

植物を選択すると、更に選択肢が現れる。

・草1　・草2　・草3　・木1　・木2　・木3

そんな数字だけで分けられているから、どういう基準での分類なのかがよく分からない。

仕方なく、一つ一つを選択して確認してみることにした。

草1＝観賞用の花や草／食用になる植物全般
これは、道端《みちばた》に咲いているようなお花やキュウリなんかの野菜の類《たぐい》みたい。よく食べるものから聞いたことがないものまで、様々な植物の名前が並んでいる。
草2＝ハーブ類全般
リエラが乾燥させてハーブティーに使っているもの以外に、知らない名前もあるけれど、魔法薬の素材としては使われないものばかりみたい。
草3＝薬用植物全般
赤薬草《あかやくそう》をはじめとした、魔法薬の素材になる植物の名前が、思いの他たくさん並んでいる。
知らない名前の方が多いから、要勉強！
木1＝高さ一メートル程度の木
これは、観賞用だったり果物が採れたりする低木の名前ばっかり。キイチゴなんかを選べば、自由に摘《つ》みに行けるデザート畑を作るのも夢じゃないかも？
木2＝高さ二〜四メートル程度の木
ものによっては、木登りできるくらいに丈夫だけど、薬効があるようなものは入ってないみたいだ。リエラが今、欲しいものはないかな。

木3＝最大三十メートル程度まで育つ木／薬に用《もち》いられる素材が採れる木
太くて背の高い木に交じって、バイバイナッツをはじめとした薬効成分を多分に含んだ実や樹液が採れる木の名前がチラホラ見える。草3と一緒で、知らない名前の方が多い。やっぱり、もっと勉強しないとなぁ……

ざっと確認してみた結果、どうしても欲しいと思ったのは『木3』だ。

だから迷わず選択！

▲二〇九七〇〇／一〇〇三〇〇／三一〇〇〇

表示された数字を見て、驚きのあまり、思わず『賢者の石』を取り落としそうになった。

なんか、マイナスになっているんだけど……！

『木3』にはバイバイナッツの木が交じっているから、是非《ぜひ》とも欲しい。でも、それを選択すると、いきなり『賢者の石』とさようなら？　なんとも言えないやるせなさに、天井を仰《あお》いでため息を吐《つ》く。

アスタールさんはそれを見て、不思議そうに片耳をピョコンとさせた。

リエラは、返事の代わりに首を横に振る。

仕方ない。頑張って『賢者の石』を育てて、それからバイバイナッツを導入しよう。

ひとまず『木３』は選択から外して、現状で可能な範囲を模索《もさく》する。

色々と試してみた結果、まずは『草１～３』と『木１』を一割ずつ選択することにした。

そこで、この草や木の中から、更に細かい種類を選ばなければいけないらしい。

そこで、春に花や実をつけるもので統一する。これなら、気候を選ぶ時に春（かそれに当たる季節）を選べばいいよね。

四四三〇〇／一〇〇三〇〇／五六〇〇

数字はこんな感じだ。

これで確定しようとすると、新たな選択肢が現れる。

◇配置対象・配置割合の選択◇

植物が選択されています。

植物を配置する場合、三割以上の水を配置してください。

・水・魔力水《まりょくすい》・精霊水《せいれいすい》

そっか、植物を育てるのには水が必要だもんね。一人納得しながら水の選択肢を確認。

水＝普通の水
魔力水＝魔力を含んだ水
精霊水＝飲むと魔力が回復する水

植物を育てるためだけなので、『水』を三割配置する。

四一三〇〇／一〇〇三〇〇／五九〇〇

地形や植物の配置は、次の工程に進むと変えられなくなるという表示が現れた。
せっかくだし、リエラの好みに地形を変えてみようかな？　引きこもりがちなリエラが自然に運動できるように、少し起伏のある地形にしよう。小川を眺めながら、散歩ができるのもいいね。

うんうんと唸《うな》りながら、せっせと地形を決めていく。なんだか、お部屋の模様替えとノリが似ている気がするよ。

地形を決め終わったら、今度は植物の配置だ。

だんだんと疲れてきたなと思いながら、どうしたものかと悩んでいると、『無作為《ランダム》』という選択肢を発見！　地形の時にも同じ項目があったことに気付いて、愕然《がくぜん》とした。

まあ、楽しかったからいいことにしよう。でもせっかく発見したことだし、植物の配置はそれを使う。

自分で細かく配置を決めるよりも、無作為に配置されている方が楽しそうだ。採集の効率は落ちそうだけど、なんだか宝探しみたいだよね。

群生地《ぐんせいち》がたまにあれば嬉しいけど、群生地《ぐんせいち》ばっかりじゃありがたみを感じない。何回か『無作為《ランダム》』をやり直すと、生えている場所が適度に分散する。

うん、いい感じ！　リエラは満足して配置を確定させた。

◇季節・気候の決定◇

季節と気候を設定してください。

春の植物が多く配置されています。季節を春に設定しますか？

もちろん答えは『はい』だ。気候は、夜中に雨が降るようにした。

採集のために入るのは昼間だけになるだろうから、夜中に降っている分には問題がないよね。ああ、ここで一時終了できるみたい。

リエラは、魔力残量に問題ないことを確認してから『領域作成終了』と唱える。

アスタールさんに視線を向けると、ほとんど同時に目が合った。

「人が作るのを見るのもなかなか面白いものだ」

珍しく、声も楽しげだ。

でも、そんなことより声を大にして言いたい!!

「それよりも、続き!! 続きはどうすればいいんですか……!」

喉《のど》から出たのは、リエラの心からの声だ。だってね、次の工程が表示されていたんだよ。『生体配置』って! やるべきことが残っている状態で放置なんて、なんとも言えずキモチワルイ。

リエラの剣幕《けんまく》に、アスタールさんがたじろぐ。

怯《おび》えてないで、続きを早く……!

ムフームフーという、妙な音だけが部屋の中に響く。あ、リエラの鼻息?

気付いて呼吸を整えると、アスタールさんは咳払《せきばら》いをしてから話し始める。

「次の工程で一応一区切りつくのだが、先にそれについての説明をさせてもらいたい」

「はい！　『生体配置』ですね」

「うむ。取り込んだ動物素材を使う工程なのだが、ここでしかできないことがある。だから落ち着いてよく考えてほしい」

そう言って、アスタールさんが続けたのは大体こんな内容だ。


その一、『生体配置』は、取り込んだ素材の元になった動植物を再現できる。

その二、再現した動植物は、自然繁殖《はんしょく》か固定配置かの選択ができる。

その三、自然繁殖《はんしょく》させる場合、繁殖頻度《はんしょくひんど》の設定ができる。頻度《ひんど》は、毎日・週に一度・元の生態通りの三つから選択できる。動物の自然繁殖《はんしょく》にはツガイが必要であり、繁殖《はんしょく》数は種により異なる。

その四、取り込んだ動物素材には、他の素材の特性を添加《てんか》することができる。ただし添加《てんか》できる素材は、動物素材以外のものに限られる。

その五、配置した動物の能力・大きさなどの変更が行《おこな》える。能力を変えると形状が変化するが、毛皮などに特色を出すことも可能。

その六、配置した動物が箱庭内で全滅した場合、再配置頻度《ひんど》が設定されていればそのタイミングで補充が行《おこな》われる。

その七、追加配置を有りにした場合のみ、配置されている動物の数に関係なく、決められたタイミングで『賢者の石』の魔力を消費して補充を行《おこな》う。

説明を聞きながら、リエラは逸《はや》る気持ちが少し落ち着いていくのを感じる。

これは確かに、ちょっと落ち着いて考えないといけない項目かも。今聞いたことを頭の中でまとめて、質問内容を考える。

「自然繁殖《はんしょく》させることによるメリットってなんですか？」

「自然繁殖《はんしょく》は追加で『生体配置』をするよりも、魔力の消費が少なくなるのが特徴だ。最低でもツガイ一組が必要になるのだが、設定した数だけ子供を産む。ただし、元の生物が一度に産める最大数以上には産めない。毎日繁殖《はんしょく》させた場合の魔力消費は『生体配置』の半分、週に一度ならば三分の一、元の生態通りの頻度《ひんど》にすれば消費魔力がゼロになる」

「そうなると、元の生態通りの繁殖《はんしょく》ってすごくお得な感じですね」

「ものによってはそうなるだろう」

ものによっては——か。なんでもかんでもその設定だと、不都合があるのかな？

アスタールさんの表情をチラリと窺《うかが》ってみると、なんとも澄ました顔をしている。これに関しては、リエラに試行錯誤《しこうさくご》させるつもりらしい。

「動物素材に他の素材を添加《てんか》って、例えばどんな感じですか？」

その質問には、片耳が半分下がってからピョコンと元の位置に戻った。

「例えば、毛皮を他の材質に変えることもできる」

毛皮を？　毛じゃなく、石に変えるとか……？

「……使い方によっては面白そうですね」

「うむ。使いようによって色々遊べる」

これも、あとは自分で試せって方針らしい。次が一番聞きたいことだけど、どこまで答えてもらえるだろう？

「配置した動物の能力・大きさの変更ってどういうことですか？」

アスタールさんの耳が、機嫌よさげにピコピコする。

これは聞いてほしかった項目だったみたい。

「兎《うさぎ》を例にさせてもらうと、普通に配置した場合の消費魔力は三十だ。だが、大きさを変更すると、消費魔力が増える代わりに強力な動物にすることができる」

「兎《うさぎ》さんを強くして、誰が得するんですか……」

「別に兎《うさぎ》ではなく、ネズミでもいいのだが……。別の階層に行くための扉を守る門番として利用する他に、まれに遭遇する強敵として徘徊《はいかい》させるのも面白い。――あとは、能力の変更によって知能を成長させると、魔法の行使が可能になる」

「それって、いわゆる魔物……ですか？」

「うむ」

あー、そもそも、グラムナードにある迷宮と同じようなものを作っているんだっけ。

それを考えたら、魔物を作れない方がむしろおかしいよね。

でも、それはそれとして――

「ただの兎《うさぎ》さんに見せかけて魔法使うとか、結構えげつないですね」

これも、使いどころが難しそうだなぁ……

次が最後の質問だ。

「形状を変えずに特色を出すというのはどんな感じなんですか？」

「君に分かりやすい例は、『水と森の迷宮』に出てくる花猪《はないのしし》だろう」

「花猪《はないのしし》というと、毛皮に花の模様がある猪《いのしし》ですよね？　毛の色や模様を好きなように変えられるってことですか」

「うむ。ピンクの毛皮に一面ハートマークというのも可能だ」

「うわ！　ルナちゃんが喜びそう……！」

なんか、一番楽しそうな要素かも。

「では、最後の仕上げをしたまえ」

「はい」

アスタールさんの言葉に、リエラはどんな動物を配置するか悩み始める。

「ところでアスタールさん。もう一個、聞きたいことができちゃいました」

迷宮には、そこに住まう動物がいるものだと、当然のように考えていたんだけど……

自分用の箱庭にそういった生き物を配置する理由ってなんだろう？

「何かね？」

「なんで、箱庭に生き物を配置するんですか？」

選択肢として現れた時から、配置する気満々《まんまん》だけど、もしかして配置しないって選択肢もあるんじゃないのかな？

「生物が死んだ時に魔力石が生成されるというのは知っていると思うのだが……」

うん、それは知っている。老衰《ろうすい》とか病気とかで自然に亡くなった場合を除いて、どんな生き物も、死ぬと死体と魔力石が残る。もちろん、人も例外じゃない。小さな虫でさえ、極々《ごくごく》小さな魔力石を残すんだよね。

リエラが頷《うなず》くと、アスタールさんは言葉を続ける。

「生物が死ぬと、その生物の現在魔力の三分の一は魔力石になる。残りの三分の二は、空気中に拡散する……らしい」

ふむふむ。ということは、リエラが死ぬと一万超えの魔力石が残るんだ。

……一体、いくらで売れるんだろう？

「箱庭の中で生物が死んだ場合、その生物の現在魔力の三分の一は箱庭の成長用に、三分の二は箱庭の維持用に吸収される」

「──そうすると、生き物を配置する主な目的は、箱庭の維持をしやすくするためですか？」

「うむ。維持魔力は毎日消費される。それを念頭に置いて配置するといい」

なるほど～！

それなら、肉食の動物と草食の動物をある程度配置した方がいいよね。

「では、続きを始めます。『領域作成』」

再び『賢者の石』が、さっきまで作っていたリエラの箱庭を映し出す。

配置するのは初めてだから、普通の動物にしよう。肉食獣は狼《おおかみ》さんで、草食獣は兎《うさぎ》さんがいいかな。数は……狼《おおかみ》さんは二頭のツガイで配置。兎《うさぎ》さんはもっと多めに――え？　最大配置数は八羽？　仕方がない。それで我慢しよう。

「『生体配置終了』」

リエラが配置する動物と数を決めると、箱庭に巣穴らしきものが現れる。
その小さな穴から、茶色の兎《うさぎ》がピョコっと顔を出して周りをキョロキョロ。
そこから離れた場所にある大きめの穴からは、黒いお鼻がぬっと出てきた。灰色の狼《おおかみ》のツガイが姿を現し、地面をフンフンと嗅《か》いでいる。

「なんか出てきた！」

箱庭の中を歩き回る動物に、思わず声を上げてしまう。アスタールさんはそれを見ながら、少し目を細めた。

「うむ。次が本当の最後になるのだが――」

アスタールさんの言葉に応《こた》えるかのように、新しい選択肢が現れる。

◇特殊アイテムの生成・配置を行《おこな》いますか？◇
・はい　・いいえ

「特殊アイテムって、なんですか……？」

「特殊アイテムというのは、いわゆる『迷宮のお宝』になる」

「お宝……ですか」

リエラの問いに返ってきた答えから連想するのは――金銀財宝？

「うむ。『大地型』の迷宮だと、『堆肥球《たいひきゅう》』というアイテムが手に入ることが多い」

「タイヒキュー……ですか？」

一瞬、分からなかったけど、どうやら『堆肥球《たいひきゅう》』みたいだ。堆肥《たいひ》ってそもそもなんだろう？リエラが首を傾《かし》げると、更に説明が続く。

「堆肥《たいひ》というのは畑に撒《ま》く肥料の一種で、動物の糞尿《ふんにょう》やらを色々混ぜて発酵《はっこう》させて作られる。普通に作るとそれなりの時間がかかるが、『堆肥球《たいひきゅう》』を動物の糞尿《ふんにょう》の中に投入すると、十分ほどで堆肥《たいひ》になるのだ」

「堆肥《たいひ》が欲しい人には素敵なアイテムですねー」

でも、お宝と言うにはちょっと弱いような気が……

「人の糞尿《ふんにょう》でも同じことができるから、その処理に困るほど規模が大きな町では重宝《ちょうほう》するらしい。量にもよるが、探索者協会に五千ミル以上で売れるそうだ」

「へぇ……」

手に入る数にもよるけど、五千ミルは悪くない金額だ。

「でも、誰も入れるつもりのない箱庭には必要なさそうですね」

今は『堆肥球《たいひきゅう》』というアイテムの手持ちもないし。リエラがそう言うと、アスタールさんからも同意が得られた。

「それならば、今日のところはここまでにしよう。それに、またあとで追加もできる」

アスタールさんのその言葉に安心して、『領域作成終了』を宣言した。

「では、箱庭の中に一度入ってみることにしよう」

待ってました～!!

「だが、その前に」

――ガクッ。

期待感を削《そ》がれて、リエラはずっこけた。

「何かあるんですか？」

「君の箱庭への『権限共有』を頼みたい」

「『権限共有』、ですか？」

リエラがその言葉を口にすると、『賢者の石』から選択肢が浮かび上がる。

◇権限共有◇
共有者は現在設定されておりません。

共有者には、以下の権限を与えることができます。
・魔力委譲《いじょう》　・攻撃対象外　・領域作成

「選択肢が三つ出てきましたけど、どれにしましょう？」

「『攻撃対象外』のみで構わない。箱庭に同行させてもらうのに、私だけが配置された動物に襲われるのはなんとも切ないではないか」

なるほど、そういう理由かぁ。

今配置した動物で襲ってきそうなのは狼《おおかみ》さんだけだけど、アスタールさんが襲われるのは確かに困る。なので、さっさと言われた通りに設定した。

「では、入ってみることにしよう。今回は『賢者の石』から入る方法を使用する」

「え、入り口とかは必要ないんですか!?」

『水と森の迷宮』みたいに、石板とかが必要なのかと思ってた。驚きのあまり声を上げると、アスタールさんは首を横に振って話を続ける。

「『賢者の石』を持って『箱庭入場』と告げれば中に入ることができる。出る時は『箱庭退場』だ」

「キーワードだけで大丈夫なんですか……」

ちょっと、ビックリ。

「うむ。今回のように自分以外の者を連れていく場合は、相手に触れていれば一緒に行くことができるのだ」

「でも、『水と森の迷宮』には入り口になる石板がありますよね？」

そう訊《たず》ねると、返ってきたのはこんな答えだった。

「入り口の設定をしてしまうと、他の場所へ入り口を移動することができなくなる。作るのならば、きちんと場所の選別をしてからにした方がいいだろう」

……確かに。自分の部屋に入り口を作ったら、工房から出ていくことになった場合に持っていけない。

「それに、グラムナードの迷宮のように不特定多数に向けて開放するつもりがないのならば、『賢者の石』を使って入る方が便利だろう」

「それじゃ、入り口を作る時はここ！　って場所を見つけた時にします」

そう決めて、アスタールさんの袖口《そでぐち》に手を触れる。

「『箱庭入場』」

その言葉と同時に、暗闇に包まれた。少し不安になって、触れた手に力が入る。

思わず、ぎゅっと袖口《そでぐち》を握ったその瞬間——目の前が明るくなり、ついさっきまでリエラが作っていた箱庭の景色が広がっていた。

「ふえ⁉」

思わず変な声が口から漏れる。

リエラが作ったのは、草花豊かでなだらかな丘陵《きゅうりょう》だ。今いるのは丘の一番高い場所で、リエラ達は箱庭の端《はし》に背を向ける形で全体を見下ろしている。右手にある綺麗な小川に沿って伸びる、土がむき出しの小道の上にリエラ達は立っていた。

箱庭の端《はし》にいるはずなのに、後ろを振り返ってみても靄《もや》がかかったようになっていて、その先は見えない。

試しに手を伸ばしても、見えない壁に阻《はば》まれて靄《もや》に触れることさえできなかった。

「ここって、広さはどれくらいなんですか？」

「一平方キロメートルになる」

そう言いながら、アスタールさんは川を覗《のぞ》き込む。水草は生えているけれど、生き物の姿はない。なんだか、それがものすごく寂しく見えた。

「兎《うさぎ》さんと狼《おおかみ》さんしかいないからなぁ……」

リエラも一緒に覗《のぞ》き込んで、思わず呟《つぶや》く。

「魔力消費なしで配置できる生物もいるから、あとで追加してみたらどうかね？」

「わ、本当ですか！　じゃあ、チョウチョとかも小さいのなら大丈夫ですよね」

せっかくののどかな春っぽい雰囲気なのに、チョウチョの一匹もいないのはなんだか寂しかったんだよね。

リエラとアスタールさんは、緩《ゆる》やかな傾斜をてくてく下っていく。

途中で狼《おおかみ》さんと会ったけど、なんだかキラキラした目でリエラ達を見て、尻尾《しっぽ》をちぎれんばかりに振っていた。あれって、喜んでいるのかな？　とりあえず、攻撃的な感じではなかったけど……

せっかくだからと、散策中に目についた薬草やハーブを摘《つ》んでみる。

これはリエラが作った箱庭での、最初の収穫だ。そう思うとなんだか、特別なドキドキ感があるね。

ふと、ここでの時間の流れ方が気になった。

アスタールさんに訊《たず》ねると、特に設定していなければ外と同じように時間が過ぎると教えてくれた。時間の設定なんて項目があったかなと首を傾《かし》げたら、もっと育たないとできないという答えが返ってくる。

中を一回りし終わったところで、今日はおしまい。

元いた執務室《しつむしつ》へと戻る前に、なんだか離れがたい気分で、もう一度周りを見回す。

「それじゃアスタールさん、出ますね」

アスタールさんが頷《うなず》くのを確認してからその腕に触れ、箱庭から退場だ。

「『箱庭退場』」

また、ほんの一瞬だけ暗闇に囚《とら》われ、思わずギュッと目をつぶる。

目を開けると、そこはいつもと同じアスタールさんの執務室《しつむしつ》の中だ。本当にビックリするくらい、いつも通りの光景で――。なんだか、さっき訪れていた箱庭の風景が幻《まぼろし》なんじゃないかと思いながら、リエラは目を瞬《またた》いた。

箱庭データ：初めての箱庭
　薬草系　　赤薬草・甘味草《かんみそう》・水月草《すいげつそう》
　ハーブ系　ミント・カモミール・ラベンダー・レモングラス・ローズマリー
　木の実系　キイチゴ・モミジイチゴ・ハマナス

「では、次は私の方に取りかかるとしよう」

アスタールさんはそう言って自分の『賢者の石』を用意する。

「私が今から作るものは、君にとってのサンプルになるものにしたいと思う」

流石《さすが》に慣れているのか、淀《よど》みなく設定を決めていく。その設定に合わせて、『賢者の石』から石造りの迷宮が映し出された。

アスタールさんは『洞窟型』を設定したのに、その壁は人工的な石組みだったから、『洞窟』というイメージからかけ離れているように感じてリエラは首を傾《かし》げた。

「今回は、『廃棄《はいき》された研究所』をイメージしたものにするつもりだ」

「あ、だから人工物っぽい石壁なんですね」

「うむ。『〜材』で作るとこういった人工的なものになる。『石』や『土』だと自然にできた洞窟のようになる」

そう言いながら、基礎設定をいじってどんな風になるのかを見せてくれる。

『木材』だと、丸太で作られた壁に。

『土木材』だと、土を掘って穴を作り、それを木材で補強したものに。

『石』だと、岩を刳《く》り抜いたもので、なんとなくグラムナードの住居に近い感じだ。

『土』はアリの巣を大きくしたようなイメージかな。

基礎設定を少しいじっただけでも、随分《ずいぶん》とイメージが変わって面白い。

「次は、配置割合の設定を行《おこな》う」

そう言いながらアスタールさんは、迷うことなく配置するものと割合を決定していく。

土（下）　二割
草1　一割
草3　一割
魔力水　一割

設定されたのはこれだけ。

でも『賢者の石』に映し出される箱庭は、設定が追加されるたびに目まぐるしくその姿を変える。

最初は石造りの通路だけだったのに、今は左右に部屋が出来上がり、その中には廃棄《はいき》された鉢植《はち》えなどが散乱していた。綺麗だった壁も内装に合わせてボロボロになって、ところどころ崩れた場所から光が差し込んでいる。

「最後に生体配置だが、今回はネズミだけにしようと思う」

「ネズミさんだけなんですか？」

確か、生体配置する理由は『迷宮の維持』を補助するためだったはずだよね？　ネズミさんを狩る立場の動物は、必要じゃないのかな？

リエラが首を傾《かし》げると、アスタールさんはすぐに答えを教えてくれた。

「ネズミにした理由は、食料が足りなくなると共食いをする性質があるからだ」

「うえええええ!?」

共食い……？　なんか、やだなぁ……

「薬の研究でもネズミを使うことが多い。『廃棄《はいき》された研究所』というコンセプトならば、存在しても不思議はないから使いやすいというのもある」

ネズミ　　九匹　（草食動物　繁殖《はんしょく》・毎日　最大百匹）
ネズミ・大型　一匹

こんな感じで、生体配置もさっくりと終了。でもなんか、変なのが交じってない⁉

「うわ⁉　なんですか、このでっかいネズミさん‼」

だって、一匹だけやたらと大きなネズミさんがいたんだよ！　思わず変な声が出ちゃった。

「変異体という設定で、こういうものを交ぜておくのも面白くないかね？」

アスタールさんはそう言いながら、リエラの反応を面白がって耳を揺らす。

「『領域作成終了』」

アスタールさんの箱庭は、十分もかからずに作り終わってしまった。

「では、次は私の迷宮に入ってみることにしよう」

アスタールさんはそう言って、リエラが中の生物に襲われないように設定する。

差し出された手を取ると、暗転《あんてん》する間もなく、次の瞬間にはボロボロになった石造りの建物の中にいた。

見上げた天井は一部が崩れ落ちていて、役割を果たしていない。床も、コケや雑草が石組みの隙間《すきま》から生え出しているから、まさに廃墟《はいきょ》といった雰囲気だ。遠くから聞こえる水が滴る音に紛《まぎ》れて、ネズミさんの鳴き声も聞こえてくる。

「うわぁ……」

リエラの口からは、ビックリと呆《あき》れの交じったような声が漏れた。

「コンセプトとしては悪くないと思うのだが……」

なんとなく寂しそうに呟《つぶや》いたアスタールさんの耳が、だらんと垂れる。その様子に、リエラは慌てて両手をパタパタと振る。

「さっき作ったばっかりとは思えなくってビックリしたんです！」

ええ。嘘じゃありません。しかもあんな、十分足らずでとか。

「ふむ……」

少し耳の位置が上がったところを見ると、気を取り直してくれたみたい。

「要はイメージ次第なのだ」

「もしかして、『草1』にコケが含まれているんですか？」

「うむ。いかにも廃屋《はいおく》っぽくないかね？」

なるほど。今回みたいに廃屋《はいおく》を作る場合に限らず、こういった細かいところに凝ると、リアリティが出るのかも。二人で瓦礫《がれき》を避けつつ、部屋を覗《のぞ》いて歩く。

リエラ自身の箱庭でも感じたことだけど、中を歩くと印象が変わる。映し出されたものを見るのとはまた違うイメージで、なんだか新鮮だ。

建物の真ん中には、放置された噴水《ふんすい》のある広場があり、そこでは薬草が元気に葉っぱを茂らせていた。噴水《ふんすい》が少し壊れているのか、地面には水たまりがある。

足元を小さなネズミが走り抜けて、水たまりで喉《のど》を潤《うるお》すとまた走り去っていく。

一瞬、そのつぶらな黒い瞳と目が合う。こんなつぶらな瞳の、ちんまり丸っこい生物が共食いするのかと思うと、なんとも妙な気分になった。

共食い、共食いか……

「『洞窟型』って一口に言っても、イメージによって色々作れるんですね」

一通り見て回ってから感じたことを伝えると、アスタールさんは少し嬉しそうに耳をピコピコさせる。

最後に、大きなネズミさんを撫《な》でさせてもらってから迷宮の外に戻った。その頭がリエラの膝《ひざ》の位置にあって、少し怖かったのは内緒だ。

――ネズミさん（大）、大きすぎ！

「しばらくの間、箱庭の改造や創造は、必ず私のもとで行《おこな》いたまえ」

まだ何か注意事項があるのか、箱庭から戻るとアスタールさんはそう言った。

こう言うってことは、今日の箱庭作成はこれでおしまいらしい。

勝手にやって大きな失敗をやらかすよりも、アスタールさんのもとで指導してもらった方が安心だ。喜んで、そうさせてもらおう。

「はい。中に入るのはどうですか?」

できるなら毎日でも通いたい。何せ、『いつでも採集できる薬草畑』的なイメージで作ったんだもの。でもこれも、アスタールさんがいる時だけかな?

「入るのは構わないのだが、万が一のために、付き添いがいた方がいいだろう」

良かった。この返事なら、ルナちゃんあたりを誘えば問題なさそうだ。

「それじゃ、必ず誰かを誘ってから入りますね」

「最後に一つ」

「なんでしょう?」

「『賢者の石』に魔力石を食べさせるのは構わないのだが、育てすぎると持ち運びが難しくなる。程々にしておきたまえ」

バイバイナッツの配置を目指して頑張るつもりだったんだけど、流石《さすが》に、持ち運びが辛くなるのは困ってしまう。うっかり育てすぎないように気を付けよう。

翌日の夕食後、アスタールさんに来月からの予定を変更すると告げられた。

週明けの紫月《しげつ》・紅月《こうげつ》はセリスさんのもとで調薬について、もっと詳しい部分までお勉強。

緋月《ひげつ》はレイさんのもとで、付加・付与・造形とお店の運営についてのお勉強。

黄月《おうげつ》には、アスラーダさんについていって体力作りと迷宮巡《めぐ》り。

最後の翠月《すいげつ》はアスタールさんと二人で、迷宮での採集と箱庭作りについて学ぶ。

それが来月からのリエラの予定だ。

リエラとしては、セリスさんのところでまた色々教えてもらえることが嬉しい。

今まで教わっていたのは、傷薬や魔力回復薬の類《たぐい》だ。これから学ぶのは、様々な病気や毒に対応する薬に関する知識らしい。

『高速治療薬』は、グラムナードみたいに迷宮がある土地とか、魔物や肉食獣がたくさんいるような場所でなければあまり需要がない。

それよりも、病気を治療する薬の方が必要とされているそうだ。

言われてみればそうだよね。リエラも、魔法薬の噂《うわさ》は聞いたことがあったけど、グラムナードに来るまでは実物にお目にかかったこともなかったよ。

レイさんのもとでお店の運営について学ばせてもらえるのも、すごくいい。彼は仕事の合間に、その時知りたいと思っていることを的確に教えてくれるんだもの。

リエラがよっぽど分かりやすいのか、レイさんがとんでもなく空気が読めるのか？

きちんと一人前になれて、十年間の契約が終わったら、リエラも自分でお店を構えたい。週に一日では学ぶ時間が少ない気もするけど、色々教わろう。

アスラーダさんとの体力作りは——できることならしたくない。走り込みがきつくて、たまに朝ご飯が口から出てきちゃいそうになるんだもの。でも、迷宮に入るためには必要だし、仕方ないから頑張ろう。

ちなみに迷宮での採集は、箱庭を作るための素材集めがメインになるらしい。

最後のアスタールさんの授業は、すごく楽しみだ。

だって、箱庭を作る授業だよ？　まだ色々とやれることがあるらしいからね。じっくり、ガッツリと教えてもらうことにしよう。


今日は、初のアスタールさんの授業の日だ。

朝ご飯を食べたあと、採集用の道具を用意して、二人で『高原の迷宮』へと向かう。

『高原の迷宮』の入り口は『水と森の迷宮』と似た感じで、石板に触れて『入るぞー』って念じると、一瞬後には気持ちのいい風が吹く草原の中だ。

周りを見渡すと、少し行ったところに川が流れていて、その向こうは森になっている。

アスタールさんは、その川の方へとまっすぐに向かっているみたいだ。リエラは周囲を眺めながら、アスタールさんの後ろについていく。

森の方からは、木《き》を伐る音と共に歌声が聞こえてきた。きっと、建材にするための木を伐《き》っているんだろう。

　それにしても、初めて入ったこの迷宮。作りたい箱庭に雰囲気が似ている。リエラが作りたいのは、この『高原の迷宮』と『水と森の迷宮』を合わせたようなものだ。なんというか、もう少し、リエラなりのオリジナリティが欲しいな……

　森の反対側には、あまり高くなさそうな岩山がある。岩山っていうよりは岩でできた丘？　みたいな感じ。

　リエラの箱庭にも、こういう丘があるよね……。むむむぅ……

　川に着くと、アスタールさんと一緒にその中を覗《のぞ》き込む。川の中には、中町にいたのとは違う生き物が見えた。

　これも捕まえるのかな？

　目で問いかけると頷《うなず》きが返ってくる。リエラは捕獲する用の網《あみ》をその辺にある草でいくつか作り、水の中に放り込む。こうしておけば、帰る頃にはある程度捕獲できているはずだ。

「リエラ」

　名前を呼ばれて振り返ると、アスタールさんがしゃがみ込んで手招きしている。返事をしてそばに行き、アスタールさんの視線を追う。

「この草に向かって『魔力視』を使いたまえ」

言われた通りにすると、草原に生えている緑の葉っぱが、赤や紫などの淡い光に彩《いろど》られた。

「わ」

思わず目を瞬《またた》かせる。

「なんだか、色んな色の光をまとっているように見えます」

「この世界のもの全てに、多少の差はあっても魔力が宿《やど》っているのだ。君が言うところの『色んな色の光』は、その植物の持つ特性を表している。人によって見え方は違うのだが――」

そう言いながらアスタールさんは、川を覗《のぞ》き込むように咲いている黄色い花を指さす。

「あの花はどんな光をまとっているかね？」

言われた通りに『魔力視』を使い、花・茎・葉っぱと上から順に見ていく。魔力が弱いのか、まとっている光は薄ぼんやりとしていた。色は――強《し》いて言うなら、透明？

そのまま視線を下に向けていくと、根元近くが濃い紫色の光を発していた。光自体は弱いけれど、これだけ色味が濃ければ判別は容易《ようい》だ。

「なんか、根元の方が紫色っぽいです」

リエラがそう告げると、アスタールさんは頷《うなず》きつつ解説してくれる。

「この植物は、根の部分に毒を持っている。君は毒物が紫色に見えるようだな」

「うえぇぇぇ……」

お花は綺麗なのに。

その花をじっくり見ると、花の部分は淡く黄色い光をまとっていた。

「あれ？　花の部分の色が違います。なんか、淡い黄色」

「うむ。花の部分に含まれる成分は人体を害するものではなく、痛み止めとして使われる」

「ほえぇ……」

「初めて見る植物でも、見分け方をきちんと覚えておけば、正しい使い方をすることができるだろう。覚えておきたまえ」

「なるほど！　言われてみればそうですね」

同じ植物でも部位によって効果が変わるなんて、考えてもみなかったよ。

それにしても、花には痛み止め成分、根っこには毒が含まれているというのに、他の部分にはそういった成分が全く含まれていないというのは不思議だ。

そのあとは、今まで手にしたことのない植物を見つけては『魔力視』を行《おこな》い、アスタールさんにその使い方を教わって過ごす。

何よりビックリしたのは、『高原の迷宮』の植物には、毒性のあるものが多いということ。見回すと、視界が結構な割合で紫に染まっているんだよ。

なんだかおっかない！

工房に戻って昼食を終えたら、午後はアスタールさんの執務室《しつむしつ》で箱庭に素材の追加をしながら管理の仕方を学ぶ。

「さて、前回は箱庭の作り方を学んだのだが、今日は箱庭の管理の仕方について学ぶことにしよう」

そう言いながら、アスタールさんは自分の『賢者の石』に『箱庭投影』と唱える。それと同時に、前回アスタールさんが作った箱庭が映し出された。

変化といえば、配置されたネズミさんの数が増えていることくらいかな？

作成直後は少ししかいなかったのに、随分《ずいぶん》と増えたみたい。ちょろちょろと走り回る姿が『賢者の石』から映し出されている。

アスタールさんは何かの操作を行《おこな》うと、『箱庭投影終了』と唱えてチェックを終了した。

「では、君の箱庭を見てみよう。まずは『箱庭投影』と唱えたまえ」

やっとリエラの番だ。言われた通りに唱えたリエラは、映し出された光景に目を丸くする。

「は」

「……」

「は」

「は？」

「は……」

「うむ」

「禿《は》げ山になってる～!!」

思わず、立ち上がって叫んでしまった。

リエラの『賢者の石』が映し出したのは、青々とした草がいっぱい生えたのどかな丘なんかじゃない。そこに映し出されているのは、土が露出《ろしゅつ》した丘にぽつぽつと生えた低木。

そして走り回ったり、土を掘り返したりしている兎《うさぎ》さん・兎《うさぎ》さん・兎《うさぎ》さん……。

あ、一応狼《おおかみ》さんもいた。

「な、なんでこんなことに……」

「一旦《いったん》落ち着きたまえ」

アスタールさんは、呆然と呟《つぶや》くリエラの肩を軽く押して、その場に座り直させる。

「さて。こうなった理由についてだが、君の箱庭で何が起きたか分かるかね？」

リエラが少し落ち着いてきたところで、静かにアスタールさんは問う。

アスタールさんはリエラが慌てている間も全く動じる気配がなかった。もしかして、リエラの箱庭がこういう事態になるのは想定内だったのかな？

疑問に思いつつも、原因について必死で考える。

うーん、原因、原因かぁ……

「えっと、兎《うさぎ》さんが急に増えすぎた？　と、いうことでしょうか」

口に出して、思わず納得。

兎《うさぎ》さんは毎日四十羽増えるという設定だ。

それに対して、捕食者の狼《おおかみ》さんは二頭だけ。どう考えても兎《うさぎ》さんが増える速度が速すぎる。狼《おおかみ》さんは七日に一度、最大二十頭しか増えないし。

ちょうど、明日が狼《おおかみ》さんの繁殖《はんしょく》日だ。一晩経てば少しはマシになるかもしれないけれど、この状態だと焼け石に水？

リエラが頭を悩ませていると、アスタールさんから更に質問が飛んできた。

「狼《おおかみ》が増えるのはいつかね？」

「明日です」

「ふむ。今いるのは二頭で間違いないかね？」

「はい。七日に一度、最大二十頭繁殖《はんしょく》するように設定しています」

「なるほど。だが、一組のツガイからは一度に四頭しか生まれない。そうすると、明日になっても六頭にしかならないのではないかね？」

「え!?」

明日、二十頭増えると思っていました!!

ええっと、狼《おおかみ》さんが現在二頭なのに対して、一日四十羽増える兎《うさぎ》さんは――現在百七十八羽!?　明日になったら、二百羽を超えちゃうの!?

箱庭内の情報を確認して、愕然《がくぜん》とする。そりゃあ、箱庭内が兎《うさぎ》だらけの禿《は》げ山になっているはずだよ……

「これ、一体どうしましょう……」

禿《は》げ散らかした丘と、そこを跳ね回る大量の兎《うさぎ》さん。そして、それを横目に欠伸《あくび》をしながら日向《ひなた》ぼっこを楽しむ狼《おおかみ》さん。

「まずするべきことは、設定の見直しになるのだが……。何故、こんなに兎《うさぎ》が溢れ返るようになったのか、分かるかね？」

そう問われて考える。

設定の見直しっていうのは、今の場合だと兎《うさぎ》さんと狼《おおかみ》さんの数のことだよね？

兎《うさぎ》さんは最初八羽配置した。そこから毎日、自然繁殖《はんしょく》で最大四十羽増殖するように
なっていたはずだ。

ツガイ一組につき一度に五羽生まれるらしいので、最初のツガイ達から生まれたのは
二十羽。そこから、狼《おおかみ》さんがお食事したことで何羽か減ったはず。

……というか、あれ？　もしかして、狼《おおかみ》さんが食べる量と、兎《うさぎ》さんが増える量のバ
ランスが変⁉

「兎《うさぎ》さんが増える速度に、狼《おおかみ》さんが食べる速度が追いついてない……」

言葉にしながら、がっくりとうなだれる。

うわー……。リエラってば、お馬鹿すぎだ。狼《おおかみ》さんが一日にどれくらい食べるのか、
きちんと考えて決めないといけなかったのか。

「うむ。今日のところは一旦《いったん》、兎《うさぎ》を間引《まび》くことにしよう」

「う……」

リエラの顔色が悪くなったのか、アスタールさんが身を乗り出して頭を撫《な》でてくれる。

「今回の間引《まび》きは私が行《おこな》おう」

「ありがとうございます……」

うう、不出来な弟子が、ご迷惑をおかけします……

「さて、今の設定を紙に書き出したまえ」

言われるまま、差し出された紙に数を書いてみせる。

「ふむ……」

その紙を見て、アスタールさんが口にした言葉は、ひどく衝撃的なものだった。

「おそらく次に起きるのは、狼《おおかみ》の大繁殖《だいはんしょく》……。そして、それに伴《ともな》う兎《うさぎ》の絶滅という悲劇になるだろう」

「ええ……？」

「七日に一度、四～二十頭増える狼《おおかみ》には、天敵となるものが存在しない。そうなると、狼《おおかみ》は寿命でしか減らないわけだが……。三十五日ほどで最初の二頭が寿命を迎えるだろう。しかし、それまでの間に増える頭数を考えると、その翌週には兎《うさぎ》が全滅すると思われる。もう一点、敷地の広さに対して狼《おおかみ》が多くなりすぎてしまうのも問題だ」

おおう……けちょんけちょん……

「私が間引《まび》きをしている間に、繁殖《はんしょく》数の調整について考えておきたまえ」

アスタールさんはそう言うと、一時間後に迎えに来るようにと言って、兎《うさぎ》さんを間引《まび》きに行った。

リエラはその間に、暫定的《ざんていてき》な数を決めようと、計算を始める。

とりあえず、兎《うさぎ》さんはこれから一週間だけ繁殖《はんしょく》しないようにしてもいいかもしれない。狼《おおかみ》さんが一日一羽ずつ食べてくれたら、一週間後には四十羽程度になるはずだ。そこから毎日十羽ずつ繁殖《はんしょく》させて、翌週からは二十羽ずつの繁殖《はんしょく》に変更して固定。更に狼《おおかみ》さんの繁殖《はんしょく》数を、一組のツガイから生まれる最大数と同じ四頭に減らす。そうすれば、二ヶ月目に入った頃に二十頭の群れで安定する……かもしれない。

この時点で、兎《うさぎ》さんの繁殖《はんしょく》数と狼《おおかみ》さんの頭数が同じになるから大丈夫なはずだ。狼《おおかみ》さんが増えすぎて兎《うさぎ》さんが全滅とか、兎《うさぎ》さんが増えすぎて草原が消滅なんてことはなくなるんじゃないかな？

うーん……やっぱり、兎《うさぎ》さんが八十羽近くだと多すぎるかも。

とりあえずこの案でいってみよう。

ここまで決まった頃には、もう約束の時間だ。大慌てで、アスタールさんを迎えに行く。

「こんな感じで考えてみました」

さっき考えた案をまとめた紙をアスタールさんに手渡し、内容に目を通すのに合わせて自分の考えを話す。

「確かに、今の箱庭の広さで兎《うさぎ》が八十羽は多すぎるのだが――」

そう言って、チラリとリエラを見ると、少しためらってから次の言葉を口にする。

「そもそも君の箱庭は、魔力の回収量が少なすぎる」

「魔力の回収……ですか？」

ああ、そういえば動物を配置するのって、それが目的だったっけ。

「うむ。維持魔力の一割も回収していないように思えるのだがどうかね？」

「ああ～……」

それはそうなんだよねぇ……

リエラは自分の内包魔力を増やすために、維持魔力が足りない現状の箱庭を利用している。実のところ、この状態って、今はありがたいんだよね。

でも――長い目で見たら、そうも言っていられないか。

「今の維持はどうしているのかね？」

「それは……。二日に一度、魔力を補充してやりくりしています」

「二日に一度の補充が必要なほど、維持魔力が高いのかね？」

「うーん……？　二日で最大値の一割くらいは減っている感じです」

そう答えると、アスタールさんは自《みず》らの額《ひたい》に手を当てる。

「……君の今の魔力はいくつだね？」

「四万三千と少しですよ？」

あっさりと答えたリエラに、アスタールさんは頭を抱えた。わけが分からずに首を傾《かし》げていると、しばらくしてからアスタールさんは再び質問を口にする。

「君の魔力はまだ育っている最中という認識でいいのかね？」

その質問に頷《うなず》くと、アスタールさんはため息を吐《つ》く。

「他の者から魔力がどの程度あるのかを聞かれても、答えないようにしたまえ」

そう言って説明してくれたところによると、本当は、人に魔力量を聞くのはマナー違反なのだそうだ。女性に年齢やスリーサイズを聞くようなものらしい。

これには流石《さすが》にムッとした。それが分かっていて、なんで聞いたんですか？

アスタールさん？

「さて、箱庭の話に戻るとしよう」

頬《ほお》を膨《ふく》らませるリエラから視線を逸《そ》らすと、アスタールさんは唐突に話を再開する。

「まず、君の箱庭は燃費《ねんぴ》がすごく悪い」

「はい……」

確かに、リエラが維持魔力のほとんどを補充している時点でそうだと思う。でも、きっと狼《おおかみ》さんが増えてくれたら解決するんじゃないかな？

そんなリエラの心の声が聞こえたかのように、アスタールさんは言う。

「念のため先に言っておくが、狼《おおかみ》が多少増えたとしても、焼け石に水になるだろう」

なんですとぉ～!?

リエラの頼みの綱が、一刀両断《いっとうりょうだん》！　なら、一体どうすればいいの？

「そこで提案なのだが、まずは捕食動物の種類を増やしてみないかね？」

「種類を……ですか？」

「そのためには、まず敷地面積を増やす必要がある。何故か分かるかね？」

「……あ、一平方キロメートルだと合わせて十匹しか初期配置できなかったのと関係ありますか？」

そうそう、兎《うさぎ》さんと狼《おおかみ》さん。どうも最初に配置できるのが合わせて十匹だったみたいで、たくさん配置することはできなかったんだよね。

「うむ。一平方キロメートルごとに十匹までしか生き物を配置することはできない。ただし、体長十センチ以下の生物はそれに含まれない」

「あ、確かに。虫さんと小魚さんはたくさん入れられましたね」

「うむ」

「兎《うさぎ》さんも場所が広くなれば分散するだろうし――いいですね」

薬草を摘《つ》みに行ったらめぼしい草は全て食べられていましたとか、悲しすぎる。というか、現状がまさにその状態だ。

あれ？　これってば、あとの祭りってやつ？

「その上で、兎《うさぎ》を狩る生物をもう一種類追加することを提案したいのだ」

「ということは、お薦《すす》めの動物がいるんですよね」

「薦《すす》めるならば狐《きつね》・イタチ・蛇《へび》・ネズミの四種になるな」

「ネズミ……お好きなんですね」

「いや、ネズミが好きなのは、どちらかというとリリ――」

誰かの名前を言いかけたアスタールさんは、慌てて咳払《せきばら》いをして誤魔化《ごまか》す。

「リリなんちゃらさんがネズミ好きなんですね。分かりました」

「いや、今はリリンのことは置いといてほしいのだが……」

「リリンさんって方が、ネズミをお好きなんですね」

意外!!　アスタールさんってば、リエラにその名前を口にされただけで耳が真っ赤になったよ！

きっと女の人の名前だよね。もしかして、好きな女性だったりして……

でも、あんまりからかうのも申し訳ない。

「お薦《すす》めの理由はなんですか？」

サラッと話を戻すと、アスタールさんはほっとした様子でその話に食いつく。

アスタールさんが薦《すす》める理由をまとめてみると、こんな感じだ。


その一、ネズミ以外は、どの生き物も兎《うさぎ》を捕食する。

その二、狐《きつね》や蛇《へび》なら、狼《おおかみ》の数減らしができる可能性もある。

その三、ネズミやイタチなら、兎《うさぎ》が減りすぎた場合の狼《おおかみ》の非常食になる。

その四、箱庭が小さく、体の大きな生物が暮らすのに適した環境じゃない。


並べると納得だ。ネズミ好きのリリンさんの気を引くためじゃないんですね。

「捕食される動物の種類があんまり増えるのも管理が大変になりそうですけど、捕食する動物にも同じことが言えますよね……」

「うむ。その場合は、最初から一種類に絞ればいいだろう」

「なるほど……」

そういえば、兎《うさぎ》と狼《おおかみ》の両方を食べそうな動物もいる。例えばクマさんがそうだけど、選択肢に入ってなかったのは、大きすぎて下手に繁殖《はんしょく》させるとクマの丘が出来上がっちゃうからかな？

その光景を想像してみた。

うん、クマさんはないな。選択肢に入ってなかったのは当然かぁ。

次に、蛇《へび》さん。薬草を摘《つ》んでいる時に、すぐ横を通っていく姿を想像したら、背中がゾワゾワしたよ。なかったことにしよう。

残ったのは狐《きつね》さんとイタチさん。

狐《きつね》さんは、もふもふの尻尾《しっぽ》が可愛い。イタチさんは……あんまりピンとこないな。

ってことで狐《きつね》さんに決定！

「それじゃ、狐《きつね》さんにします」

「では、数の試算をしてみたまえ」

リエラはアスタールさんに相談しながら、あーでもない、こーでもないと考える。結局、夕飯前には終わらなくて、前回と同じように追加でお時間をもらうことになってしまった。

全ての設定が終わったのは、いつもなら既《すで》に寝ている頃だ。

こんなに遅くまで、文句一つ言わずに付き合ってくれたアスタールさんに、リエラは頭が上がりません……。

ところで自室に戻ったあとに、気になったことが一つだけある。

それは、ネズミ好きなリリンさんのことだ。アスタールさんとは、どういう関係なんだろ？

こんなことが気になるなんて、リエラもコイバナ大好きなルナちゃんのことを笑えないなと、ベッドに入りながら苦笑した。

箱庭データ：初めての箱庭

薬草系　赤薬草・甘味草・水月草

ハーブ系　ミント・カモミール・ラベンダー・レモングラス・ローズマリー

木の実系　キイチゴ・モミジイチゴ・ハマナス

動物　兎《うさぎ》・狼《おおかみ》・狐《きつね》

☆変更点☆

領域の追加　一平方キロメートルの池を含む草原

生物の変更　兎《うさぎ》の繁殖《はんしょく》数　一日に四〇羽↓二〇羽

狼《おおかみ》の繁殖《はんしょく》数　七日に二〇頭↓四頭

狐《きつね》を追加　初期配置数一〇匹

狐《きつね》の繁殖《はんしょく》数　七日に五匹

設定を変更してから二週間も経つと、やっと箱庭の生態が落ち着いてきた。

今の箱庭内にいる生物は以下の通りだ。

兎《うさぎ》　五一羽
狼《おおかみ》　一四頭
狐《きつね》　二〇匹

とりあえず今日からは、兎《うさぎ》さんの繁殖《はんしょく》数を二十羽から三十五羽に増やす。

「ふー」

「やっと、君の箱庭も少しは落ち着いたようだな」

「アスタールさんが間引《まび》いてくれた分が大きかったですね」

繁殖《はんしょく》数に間違いがないかを確認して、やっと一息吐《つ》けるようになったリエラは、座ったまま腕を上げて大きく伸びをする。

あー、体を伸ばすのが気持ちいい！

それにしても、アスタールさんが間引《まび》いてくれてなかったら、箱庭の状態を落ち着かせるのにもっと時間がかかるところだった。本当に助かったよ。

本来なら、リエラが自分で間引《まび》くべきだけど、それができないのがなんとも歯がゆい。

実は、リエラは血を見ると倒れてしまう。

その対策として、アスタールさんが血を流さずに狩りをする方法を考えてくれたんだけど、結局、リエラはその方法を実行できなかったんだよね……

せっかく考えてくれたのに、申し訳ない。

血がダメなら、対象を凍《こお》らせたり溺れさせたりすればいいって提案されたんだけどね。相手が生きていると、どうしても魔法を発動できなかった。死体や無機物が相手ならできるのに……

結局この件は、リエラの精神的な成長に伴《ともな》って解消されるのを待つことになっている。

危ない場所に行く時には護衛を連れていけばいいって言うんだけど、なんだか付き合わせることになる人に申し訳ないなって思ってしまう。

「君は、今作っている箱庭を今後どうする予定かね？」

お茶を飲みつつ一息入れていると、アスタールさんにそう訊《たず》ねられる。茶器は相変わらずビーカーだ。なんか最近、ビーカーでお茶を飲むと妙に落ち着く。変な習慣がついてきている気がして、ちょっと微妙な気分だ。

ところで、箱庭をどうするかって質問だっけ？

ぶっちゃけ、なんにも考えてない。何を作らされているのかも分からないまま『賢者の石』を完成させて、気が付いたら楽しく箱庭作りをしていた感じだし。

「どうしてですか？」

質問の意図が掴《つか》めず首を傾《かし》げる。

「箱庭のことを話してもいい相手を招待することはあるかもしれません。あとは、個人的に薬草を摘《つ》んだり、お散歩したり？　ああ、兎《うさぎ》さんとかと戯《たわむ》れるのもいいですね」

とりあえず、箱庭をいじるのはとっても楽しいから、作って良かったとは思うんだけれど……

実際のところ、これをどういう風に活用するかについては全然考えられてない。ひとまず今思いつく範囲で答えたけれど、アスタールさんは視線を彷徨《さまよ》わせた。どうも、期待していた返事じゃなかったらしい。

「箱庭の維持魔力問題を解消しつつ、拡張する方法に興味はあるかね？」

おおう……。維持魔力、そんな話がありましたね！

ちなみに、リエラの箱庭を維持するために毎日必要な魔力は現在七千ちょっと。アスタールさん曰《いわ》く、普通の人には、これほどの魔力を捻出《ねんしゅつ》することはできないらしい。

実際、グラムナードに来た時のリエラは、最大魔力が百五十しかなかった。現在進行形でまだ増えているリエラの魔力は、五万五千だけど……

一体、どこまで増えるんだろう？

「うーん……」

リエラとしては、自分の魔力がどれだけ増えるのかに興味がある。箱庭の現状を維持すると、三日に一度補充すれば、魔力を成長させるための条件を達成できるだろう。それを考えると、今は魔力の回収量が増えない方が都合がいいんだよね。

「気が乗らないかね？」

悩んでいると、アスタールさんは不思議そうに耳をピョコピョコさせた。

「今は、維持魔力が足りてない方が助かるんです」

「ふむ。自《みずか》らの最大魔力を増やすためかね？」

「はい。でも、後々のことを考えると、このままじゃ良くないのも分かるんですよね……」

「なるほど。では、私の箱庭で維持魔力の管理方法を学ぶというのはどうかね？　その上で、君の箱庭の管理について決めるといい」

アスタールさんは一人で納得して頷《うなず》くと、自分の『賢者の石』を用意する。アスタールさんの箱庭は、ここ二週間の間に地上フロアが追加されていた。

新しく加わったそれは、ポツポツと背の低い木や雑草が生えている中に、濁《にご》った沼がある荒れ地だ。北の端《はし》の方には崩れかけた石造りの建物がある。

その入り口を覗《のぞ》くと、奥には下へと向かう階段が見えるんだよ。四方は岩壁に囲まれていて、天井は今にも雨が降り出しそうな雲が描かれている。なんというか、ちょっと陰鬱《いんうつ》な感じのフロアだよね。

アスタールさん曰《いわ》く、リエラの箱庭と対極的なのを作っているんだとか。

それを聞いた時になんだか納得した。リエラの箱庭は、のどかな丘で明るく開放的だもの。

「では、始めるとしようか。この作業は中から見た方が分かりやすい」

そう説明しながらリエラの手を取ると、さっさと箱庭の中へ移動する。リエラ達が入った先は、地上フロアにある朽《く》ちかけた石造りの建物の前だ。

「今まではここに生物の配置をしていなかったのだが、この機会に追加しようと思う」

「またネズミさんですか？」

「うむ。ネズミの他に、捕食動物としてイタチも追加する」

生き物の気配のない荒地を見回して、アスタールさんは配置を始める。

『生体配置』『草食魔物：極小』『種類：ネズミ』『初期配置数：四』『繁殖《はんしょく》一：七十』」

指示が終わると、アスタールさんの足元にどこからともなくネズミが四匹現れた。

ネズミはキョロキョロと周りを見回すと、バラバラの方向に走り去る。きっと、隠《かく》れ家《が》や食料を探しに行ったのだろう。

ところで、アスタールさんが配置を設定する時は、あらかじめ内容を決めているらしい。それを聞いて、『適当じゃなかったのか』と、密《ひそ》かに思ったのは内緒だ。でも、リエラがやってしまったような失敗をしない理由が分かって、納得もしたんだよ。

まだ、箱庭の扱い方を理解できていないリエラには無理だけど、先の状態を見越した行動ができるようになった方がいいよね。これは、箱庭作りに限らないと思う。

今になって考えると、アスタールさんは最初の時点で、リエラの箱庭がどんな状態になるか分かっていたんだと思う。何も言わなかったのは、あえて失敗させるのが目的だろう。

それだと失敗するよって、教えてもらってばっかりいたら、自分で考えなくなっちゃうから。

「ところで、今、聞き流しかけたんですけど――アスタールさん。なんか、変な指示が交じってなかったですか？」

「変？」

「配置されたのが、『草食動物』じゃなかったような……？」

「ああ」

そこで納得したようにアスタールさんが頷《うなず》く。

「先程配置したのは、『草食動物』ではなく『草食魔物』だ」

「『草食魔物』、ですか？」

魔物っていうのは、魔法を使うことができる動物のこと。魔物が使う魔法は、身体強化、攻撃、治癒《ちゆ》の三系統だ。

ほとんどの魔物は身体強化系の魔法しか使えないらしい。とはいえ、身体強化系の魔法もピンからキリまである。だから、魔法を使えるだけで、普通の動物よりも格段に危険だ。

「魔物ってことは危険なんじゃないですか？」

「誰かれ構わず入れる箱庭ならば、入り口付近に配置するのは危険だろう」

リエラの質問に、アスタールさんは鷹揚《おうよう》に頷《うなず》く。

「この箱庭は、君の参考用に作っているから問題はない」

「そういうものですか……」

とりあえず、そういうものだと思っておこう。

「今配置したのはネズミの魔物になる。ネズミ系の魔物が使う可能性のある魔法は、二種類だ」

「あ、種類によって使える魔法に違いがあるんですか」

「うむ。ネズミの場合は身体強化系の中でも速さ強化をする『俊足《しゅんそく》』か、攻撃系で石を相手に叩きつける『石つぶて』が多い。ほとんどの個体がどちらかの魔法を使うようになる」

「思っていたより、弱そう……？」

でも、さっき見たネズミ程度の大きさなら、素早い方が厄介かもしれない。もう一方の『石つぶて』は、そうそう大怪我をすることもないだろうから、こっちの魔法の方が安全かな？

「実際に相手取るとそうでもない……らしい」

あ、相手取ったことはないんですね。

「ネズミの牙は思いの他鋭《するど》い。装備次第では貫通《かんつう》するそうなのだ。その噛《か》み傷から、病気に感染することもある」

「うわ、病気は嫌ですね」

「うむ。それも含めて考えると、素早いネズミは小ささとも相《あい》まって性質《タチ》が悪いのだ」

「――なるほど」

ネズミから感染する病気かぁ……。それは確かに、性質《タチ》が悪い。

やっぱり、『石つぶて』の方が安全そうだ。

「さて、魔物について説明する前に、捕食動物の配置をしてもいいかね？」

「あ、作業中にごめんなさい」

作業を中断させてしまったのに気付いて、リエラは小さくなる。

「では。『生体配置』『肉食魔物：小』『種類：イタチ』『初期配置数：六』『繁殖《はんしょく》一：三』」

再度、アスタールさんが『賢者の石』へと指示を行《おこな》う。

すると、どこからともなくニュルンとした長い胴体が特徴のイタチさんが現れた。こちらも辺りを見回してから、そそくさとどこへともなく去っていく。

その背中を眺めながら、ふと、首を傾《かし》げる。

今去っていったイタチさん、背中に『魔』って書いてあるように見えたのだけど……気のせい、だよね？

思い返してみると、先に出てきたネズミさん達にもあったような気がする。

いや、でも、まさか……ねぇ？

「イタチさんも魔物なんですね」

「うむ。今回やろうとしていることは、あと一つなのだが……」

「じゃ、それをやってから色々教えてください」

「では、下へ向かおう」

この箱庭の中に自分の足で入るのは、今回が初めてだ。崩れかけた入り口をビクビクしながら通り抜け、角の欠けた石段を下ると、目の前に頑丈そうな鉄の扉が現れる。

アスタールさんが扉を押すと、金属が擦《こす》れる不快な音を立てて扉が開いた。

「今度はこっちにも魔物を配置するんですか？」

リエラが訊《たず》ねると、アスタールさんは首を横に振る。

「こちらで行《おこな》うのは、『魔物化』だ」

「『魔物化』、ですか？」

「うむ。現在この箱庭内で繁殖《はんしょく》している生物を魔物に変化させる」

……なんでもないように言っているけど、それってとんでもないことだよね？　人為的に動物を魔物にするなんて、あってはならないことじゃない？

リエラの視線から何かを感じたのか、アスタールさんの片耳がピコンと半分下がる。

「『魔物化』はどこでもできるわけではない。自分の管理する箱庭の中に配置・繁殖《はんしょく》したもののみを対象に行《おこな》うものだ」

「その辺をうろついているネズミさんとかヤギさんとかは……？」

「通常は、箱庭の外の生物を魔物にすることはできない」

通常は？　通常じゃない手段ならあるってこと？

「箱庭に連れ込んだら？」

「――条件によっては、可能だ」

どうやら条件を満たせば、動物を魔物に変えることができるらしい。何それ、怖いよ!?

「今回行《おこな》う予定の『魔物化』は、箱庭内で生まれた動物にしか適用されない」

「でも、箱庭の外で生まれた動物を魔物にする方法も、あるんですよね？」

リエラが確認するように問うと、アスタールさんはため息を吐《つ》く。

「それについては、あとで説明しよう」

「……分かりました」

ここで詳しく聞いても答えてくれなそうだ。一旦《いったん》、質問を引っ込める。

「『魔物化』は、箱庭内の魔力回収が不足している場合に有効なのだ。箱庭の外では行《おこな》えないし、通常は外の動物を持ち込んでも『魔物化』することはできない。そして『魔物化』は、一種類につき、一日の維持魔力と同等の魔力を消費する。ゆえに『魔物化』させるよりも、最初から魔物として生み出した方が効率的なのだ」

なるほど。それは効率が悪い。

でも、もしも違った目的で『魔物化』を行《おこな》えるとしたら？

「例えばですけど、『水と森の迷宮』の動物を『魔物化』することは……？」

この質問で何を気にしているのか、ピンときたらしい。

「内部に人間が入り込んでいる状態での『魔物化』は行《おこな》えない」

「そうなんですか？」

「うむ。もちろん管理権限のある者は別だが、そうでない人間が入り込んでいる時に、箱庭に大幅な変更を行《おこな》うことはできない。例外もあるが」

「例外というと……」

「階層の追加や、追加する階層の配置などは可能だ」

「じゃ、箱庭内にいる人の目の前に、階段を出現させることもできるってことですか？」

「そういったことはできない。君の出した例で言うならば、階段は同フロア内の人気《ひとけ》がない場所に現れる」

なるほど。確かに、いきなり階段が目の前に現れたら滅茶苦茶《めちゃくちゃ》怪しい。『魔物化』にしても、フロアの追加にしても、そういうことはできないのか。

また作業の邪魔をしてしまったことを謝ると、アスタールさんは問題ないと言って目を細める。

「疑問に思ったこと、不審に思ったことはその場で聞いてくれた方がいい。あとになってからでは、『何が』『どうして』おかしいと思ったのかがぼやけてしまう」

その言葉を聞いて、ほっとした。

「ありがとうございます」

申し訳ないけど、これからも疑問に思ったらすぐに訊《たず》ねるようにしよう。

うんうんと頷《うなず》いているリエラの頭を、アスタールさんが撫《な》でる。「他に質問は？」と訊《たず》ねられたので首を横に振った。

「さて、それでは『魔物化』を行《おこな》わせてもらおう」

そう宣言すると、アスタールさんは『賢者の石』に指示を出す。

「『生体変更』『種類：ネズミ』の『魔物化』」

その指示が出されると、『研究所』の中が濃密な魔力で満たされ、ほんの一瞬のうちにどこかに消えてしまう。

ゾワッとした感覚に襲われたのは、『研究所』内の空気が変わったせいだ。なんだか、さっきよりも空気が張りつめている。

不安感から、アスタールさんの袖《そで》を握りしめていたのに気が付いたのは、執務室《しつむしつ》へと戻ったあとのことだった。

箱庭から出たリエラは、思わずその場に座り込む。

ビックリした……。

胸を押さえて深呼吸するうちに、気持ちが落ち着いてくる。

「落ち着いたかね？」

「……少しだけ」

へたり込んだまま見上げたところで、アスタールさんの袖《そで》を握りしめていることに気付いた。

「ふお!?」

思わず変な声を上げながら手を離したけれど、袖《そで》は既《すで》にしわくちゃだ。

アワアワと言葉にならない声を出すリエラを立ち上がらせ、いつもの席に座らせると、アスタールさんは袖《そで》をまじまじと見つめる。

しわくちゃの袖《そで》をしばらく眺めたあと、どうでも良さそうに肩を竦《すく》めて、何事もなかったかのように問いかけてきた。

「――ところで、先程『魔物化』を見て、どう感じたかね？」

「えっと、なんか……『魔物化』の前と後で、すごく空気が変わった感じがしました」

必死に答えをひねり出すと、アスタールさんは納得した様子で頷《うなず》く。なんだか変な感じがして自分の腕に触れたら、鳥肌が立っていた。

「まずは、飲みたまえ」

渡されたお茶を受け取り、お礼を言って早速《さっそく》口をつける。知らぬ間に冷え切っていた体に、お茶の熱さが沁《し》み込んでいくようで、思わずため息を吐《つ》く。

「今日、中まで連れていったのは、それを体験してもらうためなのだ。あれは、実際に体験してみないと分からないものだ」

ビーカーの中のお茶を冷ましながら、さっきの感覚を思い返すと、背筋が寒くなった。

確かにあれは、体験しないと分からない感覚かもしれない。

「えっと、アスタールさんが体験させたかったのって……」

「魔物の気配――正確には魔物の巣の気配になる。この部屋で『魔物化』の指示を出すこともできたのだが、それでは変化を実感できないのだ」

確かに、現地で『魔物化』を行《おこな》ったからこその体験だとは思う。

できれば何が起こるのかは教えておいてほしかったよ。でも、先に説明されていたら、また別の感じ方をした可能性もある。気持ち的には微妙だけど、そこは諦《あきら》めるしかないか。

お茶をもう一口啜《すす》って、少し気分を落ち着ける。

「そろそろ、箱庭内の動物を『魔物化』した理由について教えてもらってもいいですか？」

「では問題だ。今回、私が箱庭で行《おこな》ったことはなんだったかね？」

「えっと……」

その一、一階層目に魔物を二種類、新しく配置。

その二、二階層目に配置されていた動物の『魔物化』。

この二点が今日アスタールさんの行《おこな》った箱庭への変更だ。

「この時点で聞きたいことはあるかね？」

「一階層目に追加したのがなんで魔物である必要があったのか？　について。それから、二階層目の動物を『魔物化』させた理由をお願いします」

「うむ。まずは一階層目の方から説明するとしよう」

そう言いながら、アスタールさんは魔物の追加を行《おこな》う前の状態を紙に記《しる》す。

その内容に、リエラの口がパッカーンと開いた。

だって、魔物を一階層に追加する前って、維持魔力だけで四千だよ。それなのに生き物が何もいないから、魔力の供給がまるでない。思わず、紙とアスタールさんを見比べちゃったよ。

「見て分かる通り、維持魔力を大量に必要とするにもかかわらず、魔力の供給が一切ないという無駄な土地。それが魔物を配置する前の一階層目の状態だ」

「えっと、無駄って思いながら放置していたんですか？」

「うむ、問題ない」

いやいや、問題大ありですよね？

「ここに、魔物を二種類配置したことによって見込まれる効果は――」

そう言いながらアスタールさんは、七日後に供給されているはずの数字とその内訳《うちわけ》を紙に書き込む。

ネズミ　初期：四匹　繁殖《はんしょく》：毎日七〇匹

共食い・イタチ迎撃による魔力の供給＝二四〇〇〇

魔力石の供給＝一二〇〇〇

イタチ　初期：六匹　繁殖《はんしょく》：毎日三匹

ネズミ捕食による魔力の供給＝三八〇〇〇

魔力石の供給＝一九〇〇〇

「なんですか、この予定……」

そう呟《つぶや》きつつも、書き出された項目の一つから目が離せない……！

「魔力の供給量もおかしいですが、魔力石の供給って……？」

「――まだ続きがあるのだが、四ヶ月後には毎日、一階層目のネズミとイタチを合わせて魔力石が七千三百と、維持魔力分として一万四千六百供給される。元々存在した二階層目の方は魔力石が二千と、維持魔力分を四千程度は稼《かせ》げるようになる予定だ」

その言葉に、リエラの口が再び開いてしまう。

だって、リエラの箱庭が落ち着いた頃の予定は、魔力石の数で三百五十くらいが精々《せいぜい》だよ？　同じ面積なのに、桁《けた》が違う!!

「リエラのところと、桁《けた》が違いすぎます～!!」

思わず出たのはそんな涙声だった。それに対して、アスタールさんからはあっさりした言葉が返ってくる。

「普通の動物と魔物では、保有魔力が一桁《けた》変わってくるのがその理由になる」

そんな大事なことなら、最初に教えてくれてもいいじゃないかと思ったけど、その言葉は心の中に仕舞い込む。恨《うら》み言よりも大事なのは、自分の箱庭をどうするかだ。

さっきアスタールさんが行《おこな》った、箱庭内の動物の『魔物化』。

これをやると、一時的に維持魔力を大量消費して、箱庭内にいる一種類の動物を全て魔物に変えることができる。これにより起こる変化は、元になる動物によって様々らしい。

正直、『魔物化』を行《おこな》った時の、胸がざわざわする感覚は、ものすごーく嫌だ。それを差し引いても、回収される魔力石の質が上がるのは魅力的だよね。

リエラの箱庭で『魔物化』を行《おこな》うのなら、兎《うさぎ》さん・狼《おおかみ》さん・狐《きつね》さんの中のどれがいい？

それらを『魔物化』した場合のデメリットは？

ここまで考えて、アスタールさんが魔物を配置する利点を最初に教えてくれなかった理由に思い当たる。

『何を』『どうして』『どうやればいいか』。

これを自発的に考えさせるためだとすれば、納得だ。試行錯誤《しこうさくご》して覚えた知識は、頭に残る。

効率のいいやり方だけを教わって、失敗の経験がないままだと、応用もきかず思わぬミスの原因になってしまうはずだ。

大事なのは、『分からないことは聞く』こと。そして、ただ指示に従うだけでなく『自分で考えて決定する』ことなのかも。

でも、それなら、決定するための相談はしてもいいよね？

アスタールさんの場合、もし相談もダメだったら答えてくれないだけだろうけど。まずは、自分なりに考えてみよう。

さて、思考が逸《そ》れたけど、今考えないといけないのは『魔物化』についてだ。

現時点で箱庭の魔力石の供給元は、狼《おおかみ》さんと狐《きつね》さんが食べる兎《うさぎ》さんだ。この兎《うさぎ》さんを『魔物化』したら、箱庭のバランスはどうなるだろう？

これはきっと、『魔物化』した時に使えるようになる魔法によって変わってくるよね。

兎《うさぎ》さんが攻撃魔法を覚えるなら、狼《おおかみ》さんや狐《きつね》さんが、逆に返り討ちにあうかもしれない。

まずは、兎《うさぎ》さんを『魔物化』した場合に何が変わるかを聞いてみよう。

「アスタールさん、『魔物化』に関して教えてください」

リエラの言葉に、アスタールさんの片耳がピコンと動く。この動き方は、質問待ちだ。

「回収できそうな魔力石のことを考えると、『魔物化』はすごーく魅力的ですが……。例えば、兎《うさぎ》さんがどう変化するのかを知りたいです」

「なるほど。兎《うさぎ》の場合、覚える魔法は『瞬発力強化』が多い。本能的に逃げる力の強化を望むためで、『魔物化』しても攻撃手段を手に入れる可能性は低い」

ということは、狼《おおかみ》さん達が兎《うさぎ》さんを捕まえられなくなるかもしれないってことかな？

「あまり逃げ足が速くなりすぎると、狼《おおかみ》さんや狐《きつね》さんが飢《う》え死にしちゃったりしませんか？ 飢《う》え死には可哀想《かわいそう》ですし、魔力石も手に入らないし——いいことがなさそうですよね」

リエラは、飢《う》え死にするくらいなら、食べすぎで死にたい派だ。現実問題、食べすぎで死ぬことがあるのかどうかは知らないけど、ひもじい思いをするのはもう嫌だからね。

一瞬、思考を飛ばしていると、アスタールさんが首を横に振ったのが見えた。

「狩りの効率が下がることはあるだろうが、現状と大して変わらないのではないかね？」

「あ、そんな程度の違いですか」

もっと深刻かと思ったから拍子抜け。それなら、兎《うさぎ》さんを『魔物化』した時のデメリットは考えなくても良さそうだ。やっちゃってもいいかもしれない。

「そういえば、箱庭の中の動物も、飢《う》えや寿命や病気で死んじゃった場合には魔力石は発生しないんですよね？」

　これは質問じゃなくて確認だ。普通、寿命や病気で死んじゃった人は魔力石を残さない。

理由は知らないけど魔力石は、それ以外の原因で死亡した場合にしか残らないんだよね。

　これは、動物や魔物、全ての人族《じんぞく》に共通していることだ。

「うむ。どんな理由であれ、衰弱《すいじゃく》死の場合には魔力石は残らない。……理由は知ってい
るかね？」

　首を横に振ると、アスタールさんは理由を説明してくれる。

「病気か寿命かを問わず、肉体の衰弱《すいじゃく》に伴《ともな》い、魔力も減衰《げんすい》していくのがその理由だ。

衰弱《すいじゃく》の原因が取り除かれれば魔力も回復する。だが衰弱《すいじゃく》死の場合は、死の間際に魔力
石を生成できるほどの魔力が残っていないのだ」

「ってことは、衰弱《すいじゃく》死だと魔力の回収もできないんですね」

「うむ。その通りだ」

「そういえば――」

　ふと気になって、リエラはもう一つ質問を口にする。

「箱庭の中の動物の寿命って、どうなっているんでしょうか？」

「繁殖《はんしょく》周期一回ごとに、箱庭の外でいう一年程度の時間が流れると考えたまえ」

「ということは、動物の寿命は、外よりも箱庭内の方が短いんですね」

「うむ」

「じゃあ、狼《おおかみ》さんとかの平均寿命を調べて計算し直してみよう……」

質問に答えながら、アスタールさんの視線が彷徨《さまよ》っていたんだけれど、『計算し直して～』のくだりでは両耳がピクッと動いた。

もしかしなくても、寿命についての説明を忘れていたんですね、アスタールさん……

散々《さんざん》悩んだ結果、兎《うさぎ》さんだけ『魔物化』することにした。

だってね、魔力石の回収見込み量が美味《おい》しすぎるんだよ!!

とりあえず、結論をアスタールさんにご報告だ。

「兎《うさぎ》さんだけ、『魔物化』したいと思います」

「うむ」

返ってきたのは、特に熱がこもっているわけでも、どうでもいいという雰囲気でもない、いつも通りの相槌《あいづち》だ。リエラにとっては一大決心だったのに……

温度差を感じてしょんぼりしたけど、気を取り直して、兎《うさぎ》さんの『魔物化』を行《おこな》う。

「――現状では、まだ不可能な方法ではあるのだが」

アスタールさんが追加で教えてくれたのは、精霊水について。

精霊水っていうのは、水を配置する時の選択肢に入っていたあれだ。そしてこれが、『魔物化』するための条件なのだとか。

精霊水は、飲んだ動物を『魔物化』させることがあるらしい。ただ、九割は『魔物化』に耐えられずに死んでしまう。箱庭に精霊水を配置した場合も同じで、もしその方法を採るなら、配置しておく動物が大量に必要になるそうだ。

でも、飲んだ動物が九割も死んでしまうなんて怖すぎる。そもそも配置コストが高くて導入することはできないけれど、そうでなくともためらっちゃうよね。

ちなみに、迷宮の外に生息している魔物は、どこかにある精霊水の泉で水を飲んで変化したものらしい。

グラムナードの更に北には密林があるそうで、アスタールさんはそこが怪しいんじゃないかと思っているんだって。アスラーダさんからの情報によると、その密林には大量の魔物がいるそうで、王国内の魔物は、そこから流れてきたものだろうとも話してくれた。

「その精霊水って、生き物を『魔物化』させる以外に、何か使い道があったりするんですか？」

ふと気になって、精霊水について掘り下げてみる。

「水の代わりに精霊水を使えば、素材に魔力を含ませることができない者でも、魔法薬の調合ができるはずだ」

「え。人間はそれを飲んでも平気なんですか？」

「精霊水を使う場合は、普通の水を半分以上混ぜて薄めた方がいいだろうが——」

あ、やっぱりそのまんまはちょっと危ない？

「そのまま飲んだところで、人間が魔物になるわけではないから問題はない。ただ含まれる魔力が多すぎてもったいないのだ。薄めた方が、大量に生産できるだろうと思う」

え？　理由はそっちですか？　体に害があるとかじゃなくって？

「そのまま飲んでも平気なんですか」

「人間の場合、精霊水を摂取《せっしゅ》しても内包魔力が増える可能性があるだけなのだ。だから精霊水を飲んでも、体調などに変化はない。それに——」

そこでアスタールさんは言葉を切って、リエラをチラリと見る。

「魔力の保有量が増えることによって変異が起こるのならば、君にもなんらかの変化があるはずだろう？」

「え？」

「君の元々の魔力保有量は百五十。——今はどうかね？」

「あー……」

そういえば、もう五万を超えていたんだっけ。……だからといって変化らしきものは、確かに感じないかも。

――ってことは、人間は精霊水を飲んでも内包魔力が増量する以外に変化はないってことか。なるほど、納得です。

「でも、魔物さんって凶暴だって言いますよね？　それってなんででしょう？」

「何をもって凶暴と言うのかによるのではないかね？　魔物に限らず、生き物が他者に襲いかかるのはどういう場合かを考えてみたまえ」

リエラの質問は、別の質問で返された。

生き物が他の生き物に襲いかかる理由……理由かぁ……

「食べるため……ですか？」

「それもあるだろう」

むむむ？　他にも何か理由があるの？

首を傾《かし》げていると、アスタールさんは言葉を続ける。

「自分の領域を侵《おか》された場合はどうかね？　例えばだが、見ず知らずの誰かが君の部屋に入ってきて、タンスや引き出しの中身を漁《あさ》り出したら……？」

「そりゃ、流石《さすが》にリエラも怒りますよ！」

でも、それなら襲ってくるのも分かる。確かに自分の場所に勝手に入り込まれたら、誰だって怒るよね。それが魔物は凶暴だと言われる理由だなんて、ちょっと疑問だ。

「その理由で襲ってくるのは、魔物に限らないような気がします」

「うむ。その場合、動物でも『凶暴な』、と形容されるだろう？」

アスタールさんの耳が、機嫌良くピョコピョコ動く。

リエラの意見がお気に召したみたいだ。

「『凶暴な』という形容詞は、魔物に限ったものではない。動物や人にも当てはめられる。それなのに、特に魔物に対してよく使われる理由として考えられるのは――」

そこで一拍置いてから理由を続ける。

「魔物は、縄張《なわば》りそのものが広く、また魔法を使えるという性質上、縄張《なわば》りを守るための『実力行使』が容易《ようい》であることが一番の理由だろう。あとは、憶測《おくそく》でしかないのだが凶暴である方が、駆除する理由にしやすいのではないかね？」

なるほど。他にも理由があるかもしれないけど、それなりに納得。人の都合で凶暴だってことにされている動物も確かにいそうだ。

「さて、来週の予定だが――」

アスタールさんが話を切り替える。

そのあとは、来週の予定の打ち合わせをして今日の授業はおしまい。

「それと……」

部屋をあとにしようとしたところ、アスタールさんがふと呟《つぶや》く。

「君の箱庭にも名前を付けておくといい」

「名前、ですか？」

「うむ。名前を付けておけばそれに相応《ふさわ》しい環境が想像しやすいではないか」

突然の提案に戸惑ったけれど、確かに名前を付けるとどんな風にしたいか想像しやすくなるし、愛着も湧《わ》くよね。

でも、名前かぁ……。

「それなら――『素材回収所』、ですかね？」

「なるほど。君が使いたい素材でいっぱいの箱庭を想像しやすい名称ではある」

「アスタールさんのは決まっているんですか？」

「私の方は『廃研究所』だ」

「見たまんまですね」

クスクスと笑いながら、今度こそ部屋を出る。

今日は随分《ずいぶん》と色々教わったから、部屋に戻ったらきちんと復習しよう。そう思っていたのに、結局、復習用のノートは翌日になってから書く羽目《はめ》になってしまった。
だって、眠かったんだもの……。仕方がない。

箱庭データ：初めての箱庭↓素材回収所
　薬草系　赤薬草・甘味草・水月草
ハーブ系　ミント・カモミール・ラベンダー・レモングラス・ローズマリー
木の実系　キイチゴ・モミジイチゴ・ハマナス
動物　狼《おおかみ》・狐《きつね》
魔物　兎《うさぎ》
☆変更点☆
兎《うさぎ》（動物）→兎《うさぎ》（魔物）

魔法具と魔導具

あっという間に二週間が経った。『秋の半月』も終わって、今は『秋の満月』の最初の翠月《すいげつ》の日だ。

あと三週間で冬になっちゃうなんて、なんだか信じられない。

グラムナードに来てから、随分《ずいぶん》と時間が経つのが早い気がする。これって、充実した日々を過ごしているからかな？

先週は、グレッグおじさんと久しぶりに商談をした。

もらった注文は、前回より少なめの魔法薬と、サンプルを渡していたケアクリーム。量も少なかったし、今回は一人で全部作ることができた。ちょうどタイミングよく、先週のアスタールさんの授業がお流れになっちゃったからというのも大きかったんだけど。

今日は、先週流れた分の授業をしてもらえることになっているから、とっても楽しみだ。

午前中は、いつも通り迷宮での採集に精を出し、採ったものについて教わる。午後からは執務室《しつむしつ》で、楽しみにしていた授業の始まりだ。

「さて、では箱庭の確認も終わったことだし、魔法具について学び始めることにしよう」

「はい!!」

胸をドキドキさせながら、リエラは精一杯《せいいっぱい》元気よく返事をする。

リエラの住んでいる部屋に設置されている『魔導具』は、今はもう作り方が失われているらしい。『魔法具』は、それとは違って、現在も作り方が受け継がれている道具だ。

「君は魔法具と言われて、まず何を思い浮かべるかね?」

「外町の工房で売っている、魔法の付加された魔力石を嵌《は》め込んだアクセサリーです」

真っ先に思い浮かぶのは、レイさんに作り方を教わったアクセサリーだ。魔力石の土台になるアクセサリーを作る作業も、結構楽しいんだよね。

でも、レイさんからは魔力石に魔法を付加する方法までは教わってない。もしかして、今日はそれを教えてくれるのかな?

「なるほど。他に何か思い浮かぶかね?」

「うーん……」

再び問われて、少し考え込む。他に……他にかぁ……。何があったかな?

最近、魔導具の方が身近なせいか、パッとは思いつかない。孤児院にいた頃に使われていた魔法具って、何があったたっけ？

「料理をするのに使うコンロとか、町の街灯《がいとう》とかそういうのですか？」

「うむ。今、君が例に挙げた魔法具と、魔導具には決定的な違いが一つある。それが何かは分かるかね？」

むむむ。決定的な違い？

「あ。使う人の魔力を利用するかどうかですか？」

どちらも簡単な操作で魔法の効果を発揮《はっき》する道具だし、その効果に差はない。でも、効果を発揮《はっき》させるために何が必要かを考えるのなら話は別だ。

魔法具には魔力石が、魔導具には使用者の魔力が必要なんだよね。

「うむ、正解だ」

リエラの答えにアスタールさんは満足そうに頷《うなず》く。

「魔導具の作り方が失われてから随分《ずいぶん》と経つ。単純に見えるものでさえ、使用者の魔力を引き出して魔法を発動させる方法は見つかっていない」

「アスタールさんでも作れないんですか？」

リエラがそう聞くと、困ったように耳が垂れる。

「そっかぁ……」

アスタールさんなら作れるんじゃないかと思っていたから、なんとなく残念。なんか『魔導具の作り方、復活させちゃいました』なんて言われても、納得できちゃいそうなんだけど。

「それについては置いておくとしよう」

アスタールさんは肩を竦《すく》めると、目の前のテーブルに魔力石を並べていく。自分とリエラの前にそれぞれ三つずつ。一般に広く流通している、内包魔力が十のものだ。

「では、まずは手軽なものからやってみることにしよう」

「はい」

アスタールさんが魔力石を一つ手に取るのを見て、リエラも同じようにする。

「今から、魔力石に魔法を付加する。きちんと工程を『視《み》る』ように」

リエラが頷《うなず》くと、アスタールさんは魔力石に蒼《あお》っぽく見える魔力を送り込む。透明だった魔力石が、送り込まれる魔法の属性の色にゆっくりと染まっていく。

最後の魔力が魔力石の中にスルリと入り込むと、そこには水属性の色に染まった小さな魔力石があった。

一見、属性石と勘違いしてしまいそうだけど、よく『視《み》る』と魔力石の中では、送り込まれた魔法が外に出たそうにくるくると渦《うず》を巻いている。

「『視《み》え』たかね？」

「はい」

「では、試してみたまえ。封じる魔法は『洗浄』だ」

アスタールさんに促《うなが》されて、早速《さっそく》、リエラも魔力石に魔力を送り込む。『洗浄』、と小さく呟《つぶや》くと、魔法はリエラの手の中の魔力石の汚れを綺麗にし始めた。

いやいや、そうじゃない！

魔力石を綺麗にするんじゃなく、その中に入ってほしいんだよ！

どうやらリエラがやるべきなのは、魔法が働く前に、大急ぎで魔力石の中に押し込めることらしい。魔法は、狭い場所に閉じ込められるのを嫌がって暴れ出す。それをどうにか宥《なだ》めて、魔力石の中に落ち着かせる。ぐずる赤ちゃんをベッドに入れて寝かしつけるイメージだ。

孤児院でよくやったよ。

しばらく奮闘したら、やっと魔法が全て魔力石の中に収まった。大急ぎで、外に通じる魔力の道を閉じれば終了！

「できたー！」

アスタールさんのお手本よりも、ずっと時間がかかったけど、なんとか魔法を閉じ込めることができた。一息吐《つ》いて、手の中の魔力石を見せると、頷《うなず》きが返ってくる。

「では、他の魔法もやってみたまえ」

「はい！」

リエラとアスタールさんは魔力石を手に取り、次の魔法の付加に取りかかった。

最終的に、その日の授業で魔法の付加を試《こころ》みたのは三十個。そのうちの十個は成功したけれど、他の二十個は失敗だ。失敗作は、ただの属性石になったよ。

「結構難しいですね……」

そう言いながら、リエラは背もたれに体を預けてぐんなりする。

アスタールさんはそれを横目に、属性石になってしまった魔力石を種類別に仕舞い始めた。

「あ、リエラもやります」

慌てて手伝おうとしたけど、既《すで》に手遅れ。目の前で最後の一つが片付けられる。

「初めて魔法の付加を行《おこな》って、十個の付加に成功しただけでも大したものだ」

「……そういうものなんですか？」

「うむ。初回で成功すること自体が珍しい」

そうなんだ……

　確かに、お役目を果たそうとする魔法を抑《おさ》え込むのは結構大変だ。最初に成功したあと、連続で失敗したことを考えると、アスタールさんの言葉にも納得できる。

「さて、魔法の付加はまた来週にするとして、次は箱庭についてだが――」

　そのあとは、箱庭に今後どんな手を加えるかなどを話し合う。

　箱庭の中に、どうしてもバイバイナッツが欲しいと話したら、アスタールさんは不思議そうに耳をピコピコさせた。そこでリエラが、その素晴らしさについて一生懸命に語ると、耳の動きが更に激しくなる。どうも、リエラの熱意を面白がっていたみたい。

　結構、真剣に話したんだけどなぁ……。

　それで今日の授業は終わり。部屋に戻ると早速《さっそく》、リエラは箱庭の計画を練り始めた。

　アスタールさんには理解してもらえなかったけれど、バイバイナッツはどうしても導入したい。これはリエラの中では決定事項。ただ、そのためには壁が二つある。

　まずはコスト。これがまた、馬鹿高い……。導入するために追加で育てようとすると、『賢者の石』が三つ生まれちゃうくらいの魔力石が必要になるんだよ。

　兎《うさぎ》さんを『魔物化』したから、魔力石の回収量は増加するけど、それでもしばらくかかりそう。かといって、更に回収量を上げるためだとしても、共食いネズミの導入は嫌すぎる。

リエラとしては、箱庭の中に癒《いや》しも求めたい。

それを考えると、モフモフの毛皮がある動物達をメインで導入したいよね。そして、共食いはない方向で。狼《おおかみ》さん達が兎《うさぎ》さん食べちゃうのは仕方ないよね……うん。リエラも、兎《うさぎ》さんはよく食べているしね。

でも共食いは、共食いした子は……可愛がれる自信がないんだよ。ああ、想像しただけで涙が出そう。共食いネズミは忘れて、別のことを考えよう。

次に考える予定だったのは『季節設定』だっけ。

この『季節設定』は階層ごとに行《おこな》えるらしい。『水と森の迷宮』みたいに、同じ階層内で季節を変えることもできる。でも、それだと余分なコストがかかる。

個人的には階層を増やすよりも、一つの階層に季節の違うエリアのある『水と森の迷宮』みたいな形が好みだ。

今作っているのが草木の生い茂る丘で、素材を回収するには持ってこいだから、余計に別の階層を作る気にならないのかも。

何かいい手はないものか……

ちなみに来週以降は、アスタールさんのもとで、魔力石に魔法を付加する技術を磨《みが》く予定らしい。

『洗浄』以外の魔法もできるようになると楽しそうだなーと思いながら、ベッドでゴロゴロしていたら、いつの間にか朝だった。また寝落ちしちゃったよ。

魔法の付加を学び始めてから、早《はや》三週間。

付加の成功率は、最初の日の三分の一から、なんとか二分の一程度にまで上昇した。

アスタールさんは説明があんまり上手じゃないから、お手本を見ながら試行錯誤《しこうさくご》している。

説明の上手い下手に関してはリエラも自信がないし、人のことは言えないね。誰かに教えるのって、結構難しい。今から、人に教える方法を考えておこうかな？　将来、人に教えることもあるかもしれないし。

実験台はスルトだね。スルトに理解させられれば、きっと他の人にも分かるはず。

そんな風に思考を飛ばしていたせいか、『洗浄』の魔法を付加しようとしていた魔力石は、見事な属性石になってしまっていた。

「おおう……」

思わず口から、嘆《なげ》きの声が漏れる。

「集中力が途切《とぎ》れていたようだが……？」

アスタールさんの言葉に、思わず視線を逸《そ》らす。

思いっきり別のことを考えていました。

バレバレですか？　バレバレですね。

「はい……」

「もっと習熟してからでないと、考え事をしながら魔法の付加を行《おこな》うのは難しいだろう」

ええ、おっしゃる通りです……

アスタールさんの言葉に肩を落としつつ、新しい魔力石を手に取る。

今度はきちんと集中して——

ちなみに今作っているのは、外町出張所で売っているアクセサリー用の使い捨ての魔法具だ。魔法具の中でも、一番小さな魔力石に魔法を封じて作るこれは安い方。

人気があるのは『照明』『洗浄』『着火』の三種類。これ以外にもあるけど、あまり人気がなく、在庫が十分にあるそうだ。

あと、予約制で作っているものも『治癒《ちゆ》』『解毒《げどく》』『マヒ消し』の三種類。

この三種類は、内包魔力百の魔力石を使わないと作ることができないからとても高価だ。

『治癒《ちゆ》』の魔法は、アクセサリーに組み込むからかさばらないけど、値段がとにかく高い。『高速治療薬』よりも効果が劣《おと》るのに、『高速治療薬』が何十本も買える値段だもの、売れるわけがないよね。

わざわざ注文する人にとっては、薬よりも軽くて消費期限がないのが魅力らしい。確かに『高速治療薬』の方が安いけど、重くてかさばるもんね。消費期限もあるからそれはそれで納得だ。

『解毒《げどく》』と『マヒ消し』は、毒によって種類が変わってくる。

その上、毒に対する知識も求められるから、簡単には作ることができない。

その割に、在庫が必要なほどには売れないいんだって。リエラも毒物についてはお勉強中だけど、まだまだ知識不足だ。こっちの勉強も、進める必要がある。

「――今度はちゃんと成功」

今やっている『洗浄』を八十パーセント成功できるようになったら、新しいことを教えてもらえることになっている。こう言っちゃなんだけど、『洗浄』さんをあやすのには、少し飽《あ》きた。『洗浄』さんは、普段だったらスバラシイ働き者なんだけど――

ああ！　ダメ!!　そんな隙間《すきま》をすり抜けて勝手にお掃除しないで～!!

リエラはまたしても、魔力石の中に魔法を閉じ込め損《そこ》なって、立派な属性石を作り出した。

がっくりしょんぼり。

今日も、八十パーセントの壁は破れず、惜《お》しくも七十五パーセント。あと五個成功していれば……！

やっぱりこれは悔しいよね。仕方がない。スルトから買っている魔力石を練習に回そう。最近は、週に六十個くらい買っているから、数としては十分だ。毎日十個ずつ、失敗なしでやれるようになればいいはず。

そう。実は『賢者の石』ができたあとも、相変わらず魔力石を買い集めている。

引き続き属性石を売ってきてくれるアスラーダさんには、頭が上がらないよ。

今もひっそりと『育成ゲーム』を行《おこな》っている理由は、『保管』用に使う『賢者の石』が欲しいから。何せ『保管』モードだと、中に入っているものが劣化《れっか》しない。箱庭を作ってしまうと使えなくなるけど、結構な量の物が入るんだって。

これがあれば、グレッグおじさんから注文をもらった時にも、焦らずに済むはずだ。

だって、暇《ひま》な時に魔法薬を少量ずつでも作って『保管』しておけばいいんだから。

「魔法具のことは一旦《いったん》置いといて――」

気分転換に、リエラは箱庭の映像を眺めてニヤニヤする。

だってね、今日、やっと三回目の『領域拡張』をしたんだよ！　今回、追加したのは森エリア。これを追加したことによって、また維持コストが上がってしまった。

それでも、二週間ほど維持魔力の補給をしながら、繁殖《はんしょく》数の調整をすれば、あとは放置できるようになる予定だ。

森エリアには、今までの三種類に追加してリスさん、野ネズミさん、イタチさん、フクロウさんの四種類のモフモフさんを導入した。

この野ネズミさんは、草食性だから共食いはしないらしい。

フクロウさんは、リエラの箱庭初の鳥類だけど夜行性だ。リエラが遊びに行くであろう昼間には会えなそうなのが残念なところ……

ちなみに今回は最初から、魔物として導入した。維持魔力を稼《かせ》ぐためには仕方ない。

それから、面積が増えた分、元々いた動物さん達も微増《びぞう》させた。

目標にしているバイバイナッツの導入に向けては、二歩下がった感じだけど、いずれ進む歩数の方が多くなるはずだと信じたい。

箱庭の中も、今は夜。元気に動いているのは、フクロウさんと野ネズミさんだけだ。

野ネズミさんが、ちょこちょこ走り回りながら餌《えさ》を食べているのが意外と可愛い。

あ、フクロウさんに捕まった！　南無《なむ》ー……

箱庭の中に遊びに行きたい気持ちはあるけど、夜の箱庭では雨が降っているんだよね。

それに、創造主《そうぞうしゅ》が動物さん達に襲われることはないけれど、万が一があっては危険だと、一人で入るのは禁止されている。仕方ないから、今は映像を見るだけで我慢です。

薬草をいつでも入手できる環境がいい～！　という欲望のもと、今の箱庭の形にしたのに、一人で入れないというのは結構なネックだよね。

せっかく薬草が採り放題なのに採りに行けないっていうのは、なんだか悔しい。

「むぅー。明日……誰かを誘って行こうかなぁ」

口に出したら、どうにも行きたい気持ちが募《つの》ってくる。ただ、誰を誘うのかが問題だ。

スルトは――箱庭のことを教えていいのかどうか、よく分からないからやめておこう。

そうすると、ルナちゃん？　明日、ご飯のあとに行けるかどうか聞いてみよう！

箱庭データ：素材回収所
　薬草系　赤薬草・甘味草・水月草
ハーブ系　ミント・カモミール・ラベンダー・レモングラス・ローズマリー
木の実系　キイチゴ・モミジイチゴ・ハマナス

樹木系　イチイ・メグスリノキ・サクラ
動物　狼《おおかみ》・狐《きつね》
魔物　兎《うさぎ》・リス・野ネズミ・イタチ・フクロウ

☆変更点☆
領域の追加　一平方キロメートルの川を含む森林
魔物の追加　リス・野ネズミ・イタチ・フクロウ
樹木の追加　イチイ・メグスリノキ・サクラ

初めてのお客様

「ねね、ルナちゃん」

朝ご飯を食べ終わったところで、ルナちゃんに声をかける。スルトは食べ終わると同時に部屋にすっ飛んでいったし、他のメンバーになら聞かれても問題ないだろう。

「リエらん、どうしたの？」

彼女は、なんだか嬉しそうにソワソワしていた。

何かいいことがあったのかな？　そう思いながらも、予定を訊《たず》ねる。

「今日って、時間ある？」

「今日、今日かぁ……」

ルナちゃんは、少し申し訳なさそうな顔をして、何やら言い淀《よど》んでいる。

「実は……、スルとんと二人で出かける約束していて、さ……」

ふお!?　スルトと二人？　それって、デートってやつだね、ルナちゃん！

「そっかぁ。実は、箱庭に招待したかったんだけど……」

「え、ホントに？」

リエラの箱庭と聞いて、ルナちゃんの目が輝く。

「うわ、行きたい！　……でも、ごめん、リエらん!!」

「ううんー。むしろ、リエラの方こそ急でごめん」

「うう～。また、来週で良かったら誘って～！」

「うん。今日は別の人を誘ってみるよ。ルナちゃんはデート、楽しんできてね」

そう言うと、ルナちゃんの頬《ほお》がみるみる赤く染まる。

「で、でででデートじゃないの！　……まだ!!」

彼女はそう叫ぶと、真っ赤になった頬《ほお》を押さえて食堂から逃げ出していく。

いつもは人のコイバナを聞きたがるのに、自分が弄《いじ》られそうになると真っ赤になっちゃうのは、なんか可愛い。今度からかわれそうになったら、これをネタにしてやろう。

ルナちゃんを誘えなかったのは残念だけど、デートじゃ仕方がないか。

でも、そうしたら誰を誘おう？

「今日もありがとう、リエラちゃん」

お皿を台所に運んでいくと、セリスさんが振り返った。

「セリスさん、目の下に隈《くま》が!?　どうしたんですか!?」

その目の下に隈《くま》を見つけて、思わず声が裏返る。

食事の時は少し席が離れていたから、気が付かなかったよ……！

「あら……隈《くま》ができていたかしら？　ちょっと、服を作るのに夢中になってしまって、気が付いたら朝だったの」

ビックリしちゃった、と言いながらクスクス笑うセリスさん。なんか、寝不足でハイになっているみたいだ。これはまずい。

リエラはお片付けを強引に引き受けると、大慌てでセリスさんを部屋に連れていく。だってね、もう、目を閉じたらすぐに眠ってしまいかねない状態だ。

送っていかないわけがない。

「でも、リエラちゃんにお片付けを全部お願いするなんて悪いわ……」

「眠くてフラフラしているのに、無理しないでください」

部屋に送っていく途中、セリスさんは何度も、自分が片付けをすると言い出す。もちろん、今にも寝ちゃいそうな人の言うことだから、取り合わずに部屋へと押し込んだ。

「ちゃんと、お布団に入ってくださいね？」

念を押しながらドアを閉めようとすると、セリスさんから待ったがかかる。

「ああ！　待って、リエラちゃん」

思わず首を傾《かし》げるリエラのことを、彼女は部屋の中へと引っ張り込む。

「眠る前に、この服を着て見せてほしいの……！」

そう言って渡されたのは、ふんわりしたパフスリーブのブラウスと、その上に羽織《はお》るフード付きのケープ。更に、肩ひもで吊り下げるようになったひざ下丈のキュロットスカートだ。蒼《あお》を基調にしていて、猫耳の付いたフードがとっても可愛い。どうやら、これが徹夜をした原因らしい。

そうして結局、部屋を出ることができたのは、新作を着た姿に満足した彼女が、ベッドで寝息を立て始めたあとのことだった。

セリスさん、新作の服は嬉しいけど、睡眠はちゃんと取ってくださいい……

後ろ髪を引かれつつも、誰もいないはずの食堂に戻ると、何故かアスラーダさんが残っていた。どうしたんだろうと目を瞬《またた》くと、彼はリエラが抱えた包みを指さす。

「それはセリスの新作か？」

「そうですよ。今回はなんと！　猫耳です」

包みの中からケープを出して、フードを被ってみせると、彼の頬《ほお》が少し緩《ゆる》む。

ふふふ。可愛いですよね、セリスさんの新作！

自分が作ったわけでもないのに、思わずドヤ顔になっちゃう。だってこれは、リエラのためにセリスさんが作ってくれたものだからね。

汚れないように、ケープを包み直してから食器を片付け始めると、アスラーダさんも運ぶのを手伝ってくれた。

「なんか、手伝わせてしまってすみません」

「いや、大したことじゃないだろう？」

お礼を伝えると、アスラーダさんは首を横に振る。そして一瞬、ためらうようなそぶりを見せてから口を開く。

「ところで……、どこか行きたいところがあるなら付き合うか？」

こう提案してくれたのは、きっとルナちゃんとのやりとりを見ていたからだろう。

……もしかして、そのためにここで待っていてくれた、とか？

ある意味、面倒見が良すぎる彼らしいと言えなくもない。一瞬悩んだけど、せっかくなのでお言葉に甘えることにした。リエラの箱庭のお客様第一号は、アスラーダさんに決定だ。

自分の箱庭に行きたいと話すと、彼は納得したように頷《うなず》く。

「万が一ということもあるから、確かに誰かと一緒の方がいいだろうな」

アスラーダさんは、リエラが戦闘に関して全くダメなのをよく知っているから余計に

そう思うんだろう。リエラも、戦闘になると体が固まってしまうのは、なんとか克服（こくふく）し

たいんだけれど……

「それじゃあ、三十分後にリエラの部屋に来ていただけますか？」

「分かった。何か必要なものは？」

「できれば、少し採集をしたいと思っていますけど、特にないです」

「なら、三十分後に」

アスラーダさんと別れたあと、大急ぎで食堂のお片付けを終わらせる。セリスさんに

任せてもらったんだから、いい加減なことはできない。きっちりと丁寧に、を心がけたよ。

終わってから時計草を確認すると、アスラーダさんとの約束の時間まであと十分！

部屋に戻って、採集したものを入れるための肩かけバッグに大小色々の袋と、切れ味

のいいハサミを用意する。せっかく採集できるものを配置したんだから、採れる時に採っ

ておきたい。

これって、リエラが貧乏性（びんぼうしょう）なんだろうか？

準備に思ったよりも時間を取られなかったし、ついでに着替えもしてしまおう。

今は部屋着だし、野原とかを歩き回るのにはちょっと向いてない。

もちろんこの服も、セリスさん特製のワンピースとボレロの組み合わせだ。深緑色と

淡い緑色で、クルリと回ると裾《すそ》が広がる。お嬢様っぽい雰囲気がお気に入りの一着だ。

箱庭に行くのなら、いつも迷宮に着ていく服でもいいんだけど……。そう思いつつも、リエラの目は、もらったばかりの服に吸い寄せられる。

——うん。やっぱり、さっきもらったキュロットのセットにしよう。

大急ぎで着替え終えたところで、ちょうどアスラーダさんが到着。ビックリするほどタイミングがいい。

「悪い……アストールの面倒を見るよう頼まれた」

そう言って頭を下げるアスラーダさんの腕の中には、いつも一緒の炎麗《えんれい》ちゃんだけでなくアストールちゃんの姿もある。炎麗ちゃんは竜人族《りゅうじんぞく》の子供でぬいぐるみみたいだから、アストールちゃんのお気に入りなんだよね。

「そしたら、アストールちゃんも一緒に連れていきましょっか」

「連れていっても問題はないのか？」

ためらうアスラーダさんだったけど、『素材回収所』内にいる生き物の説明をすると、彼も問題なさそうだと納得した。

「それじゃ、早速《さっそく》、箱庭の権限を共有しちゃいますね」

リエラがそう口にすると、アスラーダさんは驚いた顔をする。

「え？」

「『権限共有』『攻撃対象外』」

「いや、別に『権限共有』をする必要はないんじゃないか？」

「でも、箱庭の中の生き物がアスラーダさんに襲いかかったり、返り討ちにされちゃったりするのは悲しいですよ？」

「まあ、襲われたら迎え討つ……だろうな」

アスラーダさんは釈然としない様子でそう呟《つぶや》く。

「ですよね。だから最初から襲われないようにしておこうと思って」

実際、そういうことが起こってしまいそうだ。狼《おおかみ》さんや狐《きつね》さんが、そういう事態でお亡くなりになるのは悲しい。

そうそう、アストールちゃんと炎麗ちゃんも同じようにしておこう。この二人が襲われても、同じ悲劇が起きるからね。

「それよりも、早く行きましょう！」

「……ああ」

なんだか納得はしていないようだったけれど、リエラは強引に話を終了させると、早《さっ》速《そく》箱庭にアスラーダさんをご招待♪

いつもと同じ、一瞬の暗転《あんてん》。

目を開けると、そこはもう、リエラの箱庭の中だ。

「ようこそ！　リエラの『素材回収所』へ♪」

クルリと回って、アスラーダさんに向き直ると、笑みを浮かべて小さくお辞儀をする。

カーテシーって言うんだっけ？

スカートを軽く持ち上げて、貴族の女の子がやりそうな挨拶《あいさつ》を真似してみた。実際にやっているところを見たことがないから、本で読んだだけの知識だけど。

それを見て、目を瞬《またた》くアスラーダさんだったけど、アストールちゃんを足元に立たせてから、ちょっぴり気取った笑みを浮かべて優雅に礼を返してくる。

「こちらこそ、お招きいただき光栄です」

流石《さすが》、本物の貴族！　しかも美形がやるとより一層様《さま》になる。アスラーダさんの流れるような礼に、ちょっとドキッとしたよ。すぐにいつもの彼に戻っちゃったのは少し残念だ。

「さっきの服か？」

「はい」

「悪くないな」

「ふふふ〜。流石《さすが》セリスさんですよね〜！」

リエラの服に気付いたアスラーダさんが褒《ほ》めてくれて、思わず笑顔になる。アスラーダさんの『悪くないな』は、今までの傾向からすると最大限の褒《ほ》め言葉だ。何せ、『可愛い』っていうのは、アストールちゃん相手でもほぼ聞かないんだから。

孤児院の男の子達も割とそういう子が多かったし、男の子特有なのかな？　そう考えると、彼が歳の近い男の子のように見えてなんだか面白い。

リエラがニヨニヨしているのを不思議そうに見たアスラーダさんは、周りを見回して口を開く。

「薬草やハーブが多いな」

アストールちゃんと炎麗ちゃんも、物珍しげにキョロキョロと見回している。好奇心いっぱいな様子だ。

「もう、趣味全開ですよ！　草原には兎《うさぎ》さんや狼《おおかみ》さん、それから狐《きつね》さんがたくさんいます」

リエラがそう言うと、アスラーダさんは可笑《おか》しそうに肩を揺らす。そのアスラーダさんの足元に、兎《うさぎ》さんがちょこちょこやってきて見上げている姿がまた可愛い。彼は、兎《うさぎ》さんの耳の付け根を軽くくすぐってから森に目を向ける。

「にーに、うさちゃん！」

アストールちゃんが羨《うらや》ましそうに伸ばす手に、リエラは兎《うさぎ》さんを渡す。兎《うさぎ》さんのフワフワな毛に、幸せそうに顔をうずめるちびっ子の姿は、めちゃくちゃ可愛い！　まさに眼福《がんぷく》だね。

「あっちは森か？」

「そうですよー。リスさんや野ネズミさんがたくさんいます。あとはイタチさんとフクロウさん」

説明をしながら、アスタールさん以外の人を連れてきたのは初めてだったと思い出す。

「そういえば、アスラーダさん達がこの『素材回収所』に来た初めてのお客さんですよ」

そう口にしたら、彼は驚いた顔でこちらを見た。

「いいのか？」

「何が？」

質問の意図が分からずに首を傾《かし》げると、重ねて問いかけられた。

「セリスとか、スルトとか、他に連れてきたいやつがいたんじゃないのか？」

「ああー……」

それを聞いてポンと手を打つ。

「初めて誰かを招待するなら、一番招待したいやつにするべきだろう」

「でも……リエラとしては、どの人からじゃなきゃいけないっていうような順番はないですよ」

そう言っても、アスラーダさんはまだ納得できない雰囲気だ。

「アスラーダさんにもセリスさんにも、同じくらいお世話になっているんですから、順番なんて付けられません。……それにセリスさん、今日は寝ておくべきでしょう？」

さっきの幸せそうな寝顔を思い出す。徹夜でこの服を作っていたんだから、箱庭に来てもらうよりも睡眠を取ってほしい。

アスラーダさんもセリスさんの様子を思い出したらしく、一拍置いてから頷《うなず》く。

「あと、スルトは最初から数に入ってないです」

「何故？」

「だって、箱庭のことって、誰にでも言っていいものじゃないですよね」

「そうだな……まあ、スルトなら話しても大丈夫だろうが」

「アスタールさんの許可が出たら別ですけど、それまでは対象外です」

そう言いながら、足元にいつの間にか集まってきていた動物さん達を撫《な》でくり。

「それよりも、兎《うさぎ》さん達は狼《おおかみ》さんや狐《きつね》さんがそばにいても怯《おび》える気配がないけど、これでいいんでしょうか??」

思わずそう呟《つぶや》くと、兎《うさぎ》を抱え上げたアスラーダさんがその謎に答えをくれた。

「箱庭の主《ぬし》がそばにいる時には、狩られる心配がないからだろうな」

「え？　そういうものなんですか？」

「お前が命令すれば別だが、そうでなければないな」

そう言ったあと、「よっぽど腹が減っていればありえなくもないが」と付け加える。

ということは、狼《おおかみ》さんと狐《きつね》さんはご飯に苦労してないってことか。

箱庭の中に作った丘陵《きゅうりょう》地《ち》の小道を、森に向かってのんびりと歩く。彼の腕の中には、さっき抱き上げられた兎《うさぎ》さん。周りを見回しながら、無意識に撫《な》でる手の下で、兎《うさぎ》さんも気持ちよさそうに目を細めている。

アスラーダさんって、フワモコが好きなのかな。

でもここで『兎《うさぎ》さん可愛いですよね』とか、『兎《うさぎ》さん好きなんですか？』とか聞いたら、ハッとして放しちゃう未来しか見えない。だからリエラは、口から出そうになった言葉をこっそりと呑み込む。

「こんなに花が咲いているのに、もったいないな」

「もったいない、ですか？」

森に差しかかる手前の小さなお花畑の前で、アスラーダさんがふと口にした言葉にリエラは首を傾《かし》げる。

「ああ。ハチを放せばハチミツや蜜ロウが採れるだろう？」

「!!」

当然だろう？　と言わんばかりの言葉に、リエラは目を丸くした。ぐっと握りこぶしを二つこしらえて、彼を見上げる。アスラーダさんはその反応に、驚いたように目を瞬《またた》いた。

「え？」

「ハチミツ？　蜜ロウ？」

「あ、ああ。ミツバチを放してやれば、箱庭内でハチミツと蜜ロウが採れるようになる。……アスタールは何も言ってなかったのか？」

なんて……なんて素晴らしい情報!!

「ハチミツ！　蜜ロウ!!　今度の授業の時、絶対配置します！」

「ああ……」

リエラの反応が激しすぎたのか、若干《じゃっかん》引き気味のアスラーダさんに謝りつつ気を落ち着ける。

「アスタールが教えてないんだとしたら、言うべきじゃなかったかな……」

珍しく耳をたらんと垂らしてアスラーダさんが呟《つぶや》く。その言葉に、今までのアスタールさんとの授業のことを思い返す。

……うん。多分、大丈夫じゃないかな。

アスタールさんの教え方は、一から十まで手取り足取りっていうタイプじゃない。どちらかというと、要望や願望を叶える方法を一緒に考えるタイプだ。

きっと、ハチミツや蜜ロウが欲しいと言っていれば、方法を教えてくれたと思う。リエラからの要望がなかったから、教える機会もなかったんじゃないかな？

アスラーダさんにそれを伝えてみたら、返ってきたのはこんな返事だった。

「あいつの場合、もったいぶっているうちに忘れることも結構あるだろう……」

「ありますねぇ」

やっぱり、ただの忘れんぼさんだったのか。彼の言葉にリエラは頷《うなず》くしかできない。

常々、そんな気はしていたからね。むしろ、兄弟《きょうだい》から見てもそう見えるっていうのが可笑《おか》しかった。

そのあとも、箱庭のことについて色々と話しながら森の中を見て回る。

「川も、少しもったいない気がするな」

キャーキャー言いながら、浅い部分で水遊びを始めるちびっ子達。それを眺めつつ、アスラーダさんが呟《つぶや》くのに相槌《あいづち》を打つ。

「ふむふむ。例えば⁇」

「小魚ばっかりじゃなく、もう少し大きいのを入れた方がいいんじゃないか？」

「それは……魔力を回収するという意味で、ですか？」

「お前の場合、魔力石を回収する量が増えた方がいいだろう？」

「それはそうなんですよね……。バイバイナッツ欲しいし」

そんな話をしながら、川が見える野原で、えいやーっと大の字に寝転がる。アスラーダさんがリエラの横に腰かけると、アストールちゃんと炎麗ちゃんは、その辺でお花摘《つ》みを始めた。

「あんまり遠くに行くなよ、炎麗！」

「キュィ」

彼が炎麗ちゃんに向かってそう言ったのは、アストールちゃんよりは指示が通りやすいからだろう。炎麗ちゃんは、アストールちゃんの上をヒラヒラと飛びながら、了解とばかりに声を上げた。

「もしかしてアスラーダさんも、箱庭を持っているんですか？」

そう聞いてしまったのは、あまりにも彼が箱庭のことに詳しかったからだ。

「——いや。俺には作れない」

この答えは予想外だったよ……！　聞いちゃいけないことだったのかと、一瞬心臓が跳ねる。アスラーダさんはリエラの問いに答えながら、少し寂しそうな笑みを浮かべていた。

なんと返せばいいのか分からなくて、彼の首の周りを高速で駆け回るリスさんに目を向ける。まるでリスのネックレスをしたようなその姿は、こう……彼の寂しそうな表情とミスマッチだ。

「魔法を使えると言っても、できることとできないことがあるからな」

どこか遠くを眺めながら、アスラーダさんは呟《つぶや》く。

リエラは、膝《ひざ》の上に乗せた兎《うさぎ》さんの背中をぼんやりと撫《な》でている彼の手元に視線を固定する。こっちなら、大丈夫。真面目に話を聞いていられそうだ。

「アスタールは、物へ魔力を与えることができるが、俺にはできなかった」

そう呟《つぶや》きながら自嘲《じちょう》する表情が、それを知った時の気持ちを雄弁《ゆうべん》に物語る。もしかしたら、アスラーダさんも魔法で色んなものを作りたかったのかもしれない。

「とはいえ、できないことは仕方ないだろう？　せめて他のことで協力しようと、探索者の真似事を始めた。これが、意外と性《しょう》に合っていたんだ」

声だけはなんだか楽しそうなのが、逆に痛々しい。

慰《なぐさ》める？ なんて言って⁇

アスラーダさんを慰《なぐさ》めるにしても、適当な言葉がリエラには思い浮かばない。だって、彼ができなくて傷ついたことを、リエラはできてしまうんだもの。何を言っても、自分ができるから言えることだと思われてしまいそうだ。

悩みに悩んだ結果、言葉の代わりに、アスラーダさんの横にくっつくように座り直す。

彼は、驚いたようにリエラを見つめた。

その目の中に、今までと何か違うものがあるように感じて、リエラは目を瞬《またた》く。視線が交わっていたのは、ほんの一瞬のことだったと思う。

視線を外して、川の方に向けた彼の横顔からは、さっきまでの張りつめた様子はない。

そのことに安心して、アストールちゃん達が戻ってくるまでの間、リエラは彼に寄り添っていた。


お昼ご飯は、箱庭の中で兎《うさぎ》さん達に囲まれながら食べる。

メニューは、小魚に粉をまぶして揚げ焼きにしたものと、キイチゴの実。それからアスラーダさんが非常食として持ち歩いている乾《かん》パンだ。

お魚は、炎麗ちゃんが丸呑みするのにはいいサイズだけど、串焼きにするには小さすぎる。苦し紛《まぎ》れに、粉を付けて揚げ焼きにしたら、思ったよりも美味《おい》しかったんだよね。

いつも迷宮でご飯を食べる時は、セリスさんが持たせてくれたお弁当が多いから、こういうご飯はとても珍しい。

「とーる、じょーず？」

「うん。すごく上手だよ」

アストールちゃんに手伝ってもらいながら用意するのも、とても楽しかった。流石《さすが》に火を使うのは無理だけど、下ごしらえで粉を付けるのはやってもらえるからね。普段やれないお手伝いができて、アストールちゃんも満足そうだ。

そうでなくても、普段と違う場所でご飯を食べるのって楽しい。その上、自分で準備したものを食べるんだから格別だったんじゃないかな？

ご飯のあとは、一緒に薬草や果物をあれこれ集めて回る。アスラーダさんは、なんだかいつもよりも楽しそうだ。可愛い可愛い妹が一緒だからかな？

なんとなく、前よりも彼と仲良くなれた気がするよ。そのせいで、ついついリエラはこんな提案をしてしまった。

「アスラーダさん。また来週も、箱庭に付き合ってもらえませんか？」

リエラの誘い文句に、アスラーダさんは少し驚いた顔をして視線を彷徨《さまよ》わせる。

ちょっと、調子に乗りすぎたかな？　と不安に思っていると、遠回しな承諾《しょうだく》の言葉が返ってきた。

「暇《ひま》だったらな」

「はい！　お暇《ひま》な時にご一緒しましょう」

そりゃそうだ。毎週毎週、用事がないとは限らない。リエラが笑顔で頷《うなず》くと、アスラーダさんはフイッと視線を逸《そ》らす。なんだか、小さな子の照れ隠しみたい。思わず噴き出すと、彼は憮然《ぶぜん》とした表情で軽く額《ひたい》をつつく。

ほら、こういうところも。クスクス笑いの止まらないリエラを、アスラーダさんは不満そうな顔をして眺めたあと、大きなため息を吐《つ》いた。


「朝はありがとう。助かったわ、リエラちゃん」

「むしろ、また可愛い服を作ってくださってありがとうございます。セリスさん」

そんな会話を交わしつつ、二人でお夕飯の後片付けに勤《いそ》しむ。

あのあと、セリスさんはきちんと睡眠が取れたらしい。目の下にあった隈《くま》も綺麗さっぱりなくなっているし、顔色もいい。リエラとしても一安心だ。

「お礼ってわけでもないけれど、良かったら今からお茶でもどうかしら？」

「それは……喜んで！」

リエラがセリスさんからのお誘いを断るわけがない。もちろん、二つ返事で承諾《しょうだく》する。

「え、なになに？　二人でお茶会？」

そこにひょっこりと顔を出したのはルナちゃんだ。

「あれ？　さっきお部屋に戻ったんじゃなかったっけ？」

「朝のお誘い、断っちゃったからさ。あのあとどうしたかなーって……」

そう言って、ルナちゃんは少し気まずそうに笑う。

「急に誘ったリエラの方が悪いんだから気にすることないのに……」

それが気になって、スルトとのデートが楽しめなかったのだとしたら、むしろそっちの方が申し訳ない。

「こんなところで立ち話をするよりも、一緒にお茶を飲みながらにしましょう？」

そんなセリスさんの鶴《つる》の一声で、ルナちゃんもお茶会に参加することになった。

「それはそうと、リエらんの服、朝と違うよね？　すっごく可愛い！」

「ふっふー。セリスさんの新作だよ！」

セリスさんの部屋に落ち着くと、ルナちゃんからお褒《ほ》めの言葉をもらう。

「へぇ、セリ姉《ねえ》が作った割に、動物モチーフが付いてないね」

今は室内だから、ケープを羽織《はお》っていない。そうすると、猫耳も尻尾《しっぽ》も見当たらないから、ルナちゃんが首を傾《かし》げるのも当然か。

「この服とセットで作ったケープの方に、猫耳と尻尾《しっぽ》が付いているのよ」

セリスさんが嬉しそうにそのことを口にすると、ルナちゃんの表情が一転。げんなりした顔になる。

「そういうのは、トールちゃんみたいな小さい子にはいいけど……。あたしやリエらんの年齢だと子供っぽすぎてヤバいよ」

う。それを言われると辛い……！

リエラも密《ひそ》かに、そう思わないでもない。

でも、言えない！　獣耳付きの服を着た時のセリスさんの笑顔がまぶしすぎて……！

もしそんなことを言ったら、セリスさんの笑顔が曇《くも》るのは火を見るより明らかだ。

まさに今がそう。セリスさんはしょんぼりした表情で、リエラに視線で助けを求める。

ううう、リエラはセリスさんのその視線にも弱いんだよ〜！　思わず、かばっちゃうくらいには!!

「でも、ルナちゃん。服ってほら、着たいものを着るのが一番っていうか……ね？」

「——そうよね！」

リエラの言葉で、セリスさんは一転して笑顔になる。ルナちゃんは、そんなリエラにジトッとした目を向けた。

聞こえる、聞こえるよ。ルナちゃんの『本気じゃないよね？』っていう、心の声が!!

でもね、リエラも嘘を吐《つ》いているわけじゃない。リエラが着たいのは、『セリスさんの作ってくれた服』だ。

流石《さすが》に獣耳モチーフが付いたものは、年齢的にちょっと恥ずかしい。

だけど、セリスさんの場合は、きちんと似合うものを作ってくれるから……ね。まあ、いいかなー……と思わないでもないわけだ。

さっきの発言のおかげで一気に気分が高揚《こうよう》したセリスさんは、上機嫌でルナちゃんに話し始める。

「今日はその服を作るのについつい夢中になってしまって、出来上がった時には、もう朝になっていたのよ」

「え、ちょっとセリ姉《ねえ》。夜更《よふ》かしは美容の大敵じゃない！」

徹夜で服を作っていたという話を聞いて、ルナちゃんは目を剝《む》く。

「でもほら、気分が乗っている時に一気に仕上げた方がいい時もあるでしょう?」

まあ、気持ちは分かるよ。ルナちゃんのも、セリスさんのも。

「そーゆー問題じゃなくって、体に悪いよね?」

「リエラも、今朝みたいにセリスさんが体調を崩しちゃうのはちょっと……」

「――そうね。次は気を付けるわ」

ルナちゃんがうるさく言うのも当然だ。徹夜は体に悪すぎるものね。リエラも心配だって伝えると、セリスさんはバツが悪そうな顔をして頷《うなず》く。

セリスさんも納得してくれたところで、このお話はおしまいだ。

「それはそうと、リエラちゃんの朝のお誘いって?」

「ああ、セリ姉《ねえ》は体調悪かったから知らないのか。実は、リエらんの箱庭に招待されたんだけどね――」

「ルナちゃんは、スルトと出かける予定があったから断られたんですよ」

セリスさんは、それを聞いて目を輝かせる。

「あらあら。ルナってば、スルト君とデートだったの!?」

「いや、デートっていうか、ちょっと二人で迷宮に行ってきただけだよ?」

「それってデートと、どう違うの？」

二人がかりでデートだと言って囃《はや》し立てると、ルナちゃんはあっという間に茹《ゆ》でたエビみたいに真っ赤になる。

「もしかして、『水と森の迷宮』かしら？」

「そっ、そうだけど――」

ルナちゃんはセリスさんに問われて、咄嗟《とっさ》に行き先を認めてしまう。

そっか、『水と森の迷宮』かぁ……

「確かあそこって、デートスポットにもなっているって聞いたことがあるような……」

「そうそう。割と定番よ」

リエラの記憶は間違っていなかったらしい。本で読んだのか、アスラーダさんに聞いたのかはよく覚えてないけど。

「あ、あのね、だから、普通に迷宮で狩りをしてきただけだって!!」

真っ赤になって、どもりながらそんなことを言っても説得力はないよ、ルナちゃん。

どうせこのあと、アスラーダさんと二人で箱庭に行った話になったら、ルナちゃんに痛くもない腹を探られるだろうし、ここは手加減せずにネホリンハホリンしちゃおう。

スルトと釣りをしたことや、作ったお弁当を『美味《おい》しい』と褒《ほ》められたことを嬉しそうに話すところを見ると、聞かれるのが本当に嫌っていうわけじゃないんだろう。むしろ、話したかったようにも見える。

「ルナの恋が順調そうで、私としても嬉しいわ」

セリスさんは、本当に嬉しそうに言いながらお茶を淹《い》れ直す。

「順調、だといいんだけど……」

言われた本人は、自信がなさげだ。ちょっぴりシュンとして、いつものルナちゃんらしくない。

はたから見ると、スルトも結構、ルナちゃんのことが好きなんじゃないかと思う。でも、まだ恋とかそういう感じじゃないかな？　俗《ぞく》に言う、友達以上恋人未満って感じだ。何か、異性として意識するタイミングがあったら早そうだけど、どうかなぁ……スルトだし。

「そういえば、リエらんは今日、結局何をしてたの？」

ふと、思い出したようにルナちゃんが聞いてくる。まあ、予想していた通りだ。

「アスラーダさんが付き合ってくれたから、箱庭に行ってきたよ」

「ラー兄《にい》と？」

「セリスさんが寝不足で倒れそうだったから、諦《あきら》めようと思ったんだけどね。アスラーダさんの方から、『付き合う』って言ってくれてさ。お言葉に甘えちゃった」

意外そうな顔をするルナちゃんに、リエラの方が驚く。いや、アスラーダさんって、そういう人だよね？

「そんなに意外かな～？」

「ん～？　まぁ、リエらん相手なら普通か～」

リエラの問いに少し困ったように笑うと、ルナちゃんはカップを手の中で弄《もてあそ》ぶ。

「ラー兄《にい》は、ああ見えて面倒見がいいけど、リエらんには過保護なくらいだもんねぇ」

「ルナちゃんにも似たようなもんだと思うけど……」

まぁ、確かにアスラーダさんは過保護だと思う。お母さんのように感じる時と、お父さんのように感じる時があるけど――どっちも枕詞《まくらことば》に『過保護な』が付く。

「確かにアスラーダ様は面倒見もいいし、過保護だと思うけれど……。ルナに対するのとリエラちゃんに対するのは、種類が違うように見えるわね」

セリスさんまでそんな風に言い出す。過保護さの違いってなんだろう？

「種類って……。過保護にそんなものがあるんですか？」

戸惑った挙句《あげく》、口にできたのはそんな言葉だけだ。

「そもそも、話したこともない、隊商に同行しているだけの眠たそうな女の子を寝かしつけちゃうくらい面倒見がいい人ですよ？　誰にでもそうなんじゃないのかな？」

その言葉に、お茶を口に含んだところだったルナちゃんがむせた。

ビックリしながらも、その背中をさする。ルナちゃん、驚きすぎ。

どうにか落ち着いたルナちゃんは、リエラに向かって身を乗り出す。

「それ、もっと詳しく!!」

「えええええ～？」

あの時はリエラも寝ていたから、あとから聞いた話をそのまま伝えるしかない。ついでに、隊商にいた時はどんな感じだったのかと聞かれたので、一緒に旅をしたお姉さん達から伝え聞いた評判も。

「グラムナードの外でのラー兄《にい》はそうなのか～」

「中だと違うの？」

感心したように呟《つぶや》くルナちゃんに、リエラとしては、逆にビックリなんだけど。アスラーダさんってその時々で、行動がぶれるイメージはないんだけどな。

「うーん……？　中町ではあんまり、工房の人以外とは接触しないからね～。そもそも、ラー兄《にい》って王都育ちでしょ。五年前に帰ってくるまでは、あたし達も会ったことがなかったんだよ」

そういえばアスラーダさんに中町を案内してもらった時に、親しげにしている人がほとんどいなかったことを思い出す。外町では、探索者の人達から声をかけられたりしていたのに。あれは、グラムナードで育っていないせいなのか。

「なんでアスラーダさんは王都で育ったんですか？」

思わず疑問を口にすると、ルナちゃんはあっさりと理由を話してくれる。

「ラー兄《にい》もター兄《にい》も、全属性持ちだけどさ。ラー兄《にい》は付与系を使えないのが分かって、おじい様の後継者候補から外れたみたい。それで、王都にいる叔母《おば》さんが育てることにしたんだって。その間もター兄《にい》とは文通していたから仲はいいみたいよ」

「――それって、聞いていい話だったのかな」

「んー、どうだろ？　でも、中町の人はみんな知っている話だよ」

なんか、本人がいないところで話しちゃいけない話を聞いちゃったような……でも、ちょっとだけ、あの時、アスラーダさんが寂しそうな顔をした理由が分かるような気がした。

翌日は、セリスさんとルナちゃんの二人を箱庭に招待した。

「へえ、これがリエラらんの箱庭かぁ～！」

ルナちゃんは楽しそうな声を上げると、遠くまで見渡そうと背伸びをする。

「背伸びをしても、大して変わらないわよ」

と言いながらも、セリスさんも釣られてつま先立ち。並んで同じことをしている二人が面白くて、思わず噴き出すと、セリスさんはポッと頰《ほお》を染めて踵《かかと》を地面につける。

「それにしても、ルナとリエラちゃんがお揃《そろ》いの猫耳ケープを着てくれて嬉しいわ」

セリスさんが何事もなかったような顔をしてそう微笑《ほほえ》むのが、ちょっと可笑《おか》しい。笑ってしまいそうになるのを、どうにか我慢して頷《うなず》く。

ルナちゃんに気付かれたくないんだよね？　自分も同じ行動を取っちゃっていたこと。

「——だって、わざわざもう一着作ってくるんだもの……」

ルナちゃんは、恥ずかしそうにそう呟《つぶや》くと、プイッと視線を逸《そ》らす。

「でも、セリ姉《ねえ》！　この箱庭の中だけだからね？」

「はいはい。でも、とっても似合っているわよ」

「猫耳ケープを着てると、スルトとお揃《そろ》いだねぇ」

ケープの猫耳を指でつつきながらからかうと、彼女は一瞬だけ悩むそぶりを見せた。

セリスさんと二人でその姿を見守っていたら、ふと我に返ったルナちゃんがリエラをキッと睨《にら》む。

「そ――」

「そ？」

「その手には乗らないんだから～！」

ルナちゃんはそう叫ぶと、ものすごい勢いで丘を駆け下りていく。

下り坂だから、本人が思った以上のスピードが出たらしい。途中から悲鳴じみた声になっていたけど、どうにか転ばずに済んだみたいだ。

「少し、心動かされたみたいだったわね」

「ですねぇ。恥ずかしがっちゃって、ルナちゃんってば、可愛い！」

二人で顔を見合わせて笑うと、ルナちゃんが走っていった方へと足を向けた。

軽く箱庭の中を散策してから、川の水に足を浸《つ》けて水遊び。歩き疲れた足に、冷たい水が気持ちいい。

「こうして見ると、兎《うさぎ》やリスも可愛いわね」

「ほんと。うさちゃん、ふわっふわ！」

セリスさんもルナちゃんも、兎《うさぎ》やリスに囲まれて頬《ほお》を緩《ゆる》めている。

確かに兎《うさぎ》やリスも可愛いけど、それらを抱いて微笑《ほほえ》むセリスさんの姿は至高ですよ？

二人はその日、兎《うさぎ》さんとの触れ合いを心ゆくまで楽しんだ。

セリスさんはよっぽど兎《うさぎ》さんがお気に召したらしい。箱庭から戻ってから、ぬいぐるみを作ってプレゼントしてくれた。

また、そのうち招待することにしよう。この様子なら、きっと喜んでくれるだろう。

翌週の白月《はくげつ》の日には、約束していた通りアスラーダさんと一緒に箱庭を訪れた。

今回はアストールちゃんと炎麗ちゃんはいない。なんとなく、残念なような嬉しいような複雑な気持ちだ。

「そういえば、ここにはしょっちゅう来る予定なのか？」

彼がそんな問いを口にしたのは、持ち込んだお昼ご飯を川辺で食べている時のこと。

「あ、はい。薬草の類《たぐい》をたくさん配置したのでそのつもりです」

口の中のものを呑み込んでからそう答えると、彼は思わぬ提案を持ちかけてくる。

「なら、東屋《あずまや》でも建てておかないか？」

「――あずまや？」

『あずまや』ってなんじゃらほい？

彼の説明によると、東屋《あずまや》っていうのは屋根と柱だけで壁のない建物のことらしい。そういえば、基礎学校の授業で連れていかれた大きな庭園のあちこちに、そんなものがあった記憶がある。中にベンチがあって、休憩できるようになっていたんだよね。

アスラーダさんは、そういうものを箱庭の中に作ることを提案してきたわけだ。

「それは――あると素敵ですね」

「だろ？」

「中にテーブルがあれば、ご飯も食べやすいですし……ちょっとした荷物も置けますね」

そう考えると、俄然《がぜん》それが欲しくなる。

「建ててもらえるなら是非《ぜひ》、お願いします……！」

「すぐできるから気にするな。場所はどこがいい？」

リエラが頭を下げると、彼はニッと笑ってその頭を撫《な》でた。

むむむ……！　リエラは子供じゃないですよ？

眉を寄せたら、彼は可笑《おか》しそうに笑って、もう一撫《ひとな》でしてから先に立って歩き出す。

「もぉ……！」

子供扱いはちょっと腹立たしいけれど、グッと我慢。東屋《あずまや》を建てる場所を決めるために、アスラーダさんのあとを追いかける。

あっちこっちを見て回った結果、最終的に東屋《あずまや》を作ったのは全体を見渡せる丘の上。

次からはここでお茶を飲んだりできるから、それが今から楽しみだ。

今日は、アスタールさんの授業の日。先週の授業でリエラは、『洗浄』さん改め『洗浄』様を付加する確率が八割を超えた。やっと、使い捨て魔法具の素材作りをクリアしたよ！

今日からは、使い捨てじゃない設置型魔法具の作り方を勉強できる。新しいことを始められるので、とっても楽しみだ。

その前にまずやるのは、箱庭の映像を見て問題が起きていないかを確認すること。

「――これは？」

アスタールさんは東屋《あずまや》を見て首を傾《かし》げた。今までなかった人工物があったら、そりゃビックリするよね。

「先週末アスラーダさんと箱庭に入った時に、休憩所として作ってもらったんですけど……。まずかったですか……？」

報告を始めたところで、ふと気付く。よく考えたら、箱庭の変更は授業の時にだけやるということになっていたんだっけ！

すっかり忘れていたことを思い出して、リエラの声はだんだんと尻すぼみになった。

「兄上が？」

「はい……。あの、でも、アスラーダさんのせいじゃなくって、お弁当を広げやすい場所があるといいよねーとかそんな感じで、軽く決めちゃったんです。それが箱庭の変更になるなんて思ってもみなくって、そもそも、リエラ自身がそのことを今さっき思い出したところで——」

アスラーダさんのせいじゃないと説明しようと思ったんだけど、動揺のあまり上手く説明できない。アスタールさんは、うつむくリエラの頭を優しくポンポンと叩いてから、いつも通りの穏やかな声音《こわね》で話し始める。

「箱庭の操作で作ったのでなければ問題はない。落ち着きたまえ」

その言葉にほっとして、肩から力が抜けた。箱庭を操作したわけじゃなく、アスラーダさんに建ててもらったから、セーフだったみたいだ。

「しかし——、兄上と随分《ずいぶん》仲がいいのだな」

そう呟《つぶや》くとアスタールさんは、ちょっと楽しげに耳をピコピコさせる。けれど、すぐに何事もなかったかのように授業の話に戻った。

「さて、今日は何をする予定だったかね？」

「今日は、動物さんの数を確認してから、繁殖《はんしょく》数の調整を行《おこな》う予定です」

「では、そうしたまえ。それが終わったら設置型の魔法具についての勉強に入るとしよう」

「はい！」

リエラは返事をすると、早速《さっそく》箱庭の操作に取りかかった。繁殖《はんしょく》数の調整が終わったら、いよいよ楽しみにしていた魔法具についての授業だ。

まずは、『設置型魔法具』がどんなものかというところから授業は始まる。

「君は『設置型魔法具』と聞いて、真っ先に何を思いつくかね？」

「お料理用のコンロと、冬に使う暖房。あとは夜に点《つ》ける照明です」

今例に挙げた三つは、裕福な家庭になら割と普及《ふきゅう》している。本体が高価だから、孤児院には数えるほどしかなかった。

孤児院では、大型のコンロが台所に、暖房が裁縫《さいほう》部屋に、照明がシスターの仕事部屋にある。中でもコンロは、長い目で見るなら安く済む魔法具なんだよ。

暖房のある裁縫《さいほう》部屋での繕《つくろ》い物は、冬場に人気のお手伝いだった。狭い部屋だから、お手伝いできるのは一人だけ。繕《つくろ》い物当番の順番が回ってくるのが待ち遠しかったなぁ……。

その頃を思い出すと、ちょっとしんみりした気分になるよ。今の生活との落差が激しいから、もう、孤児院での生活は辛いだろうなぁ……。

「一般家庭ならそのあたりが普及《ふきゅう》しているが、もう少し裕福な家庭になってくると冷房、冷蔵庫、冷凍庫、湯船なども流通しているようだ」

「れいぞーこ？」

「食べ物を冷やしておく入れ物で、クローゼットのような形をしている」

「そんなものがあるんですねぇ……」

クローゼットの中に食べ物が入っているのを想像して、リエラは口をへの字に曲げる。

なんだか変な感じがするけど、実物を見たら違う感想が出てくるのかな？

「そうすると、れいとーこは凍《こお》らせる入れ物ですか」

「うむ。形も似たようなものになる」

「なんで、クローゼットみたいな形なんでしょうか？」

「それは、こう――立ったままでも取り出しやすいから？」

「……なるほどぉ」

アスタールさんが仕草つきで答えてくれたおかげで、スッキリ納得。確かに、箱型だとクローゼット型よりも不便かも。

「湯船というのは？」

「水を入れると、入浴するのにちょうどいい温度まで温かくなる魔法具だ」

「あ、お風呂ですか」

「うむ。大きさはベッドの半分ほどになるが……。これはほとんど流通していないな」

「そうですよね。初めて聞きましたもん」

魔法でどれも再現できるからピンとこないけど、そうでなかったら、どれもすごいと思うかもしれない。あ、でも冷蔵庫と冷凍庫は、魔法で再現するのは難しいかな？　冷やしたり凍《こお》らせたりを継続させる魔法はなかったはずだ。

「リエラが挙げた三つですら結構なお値段ですよね。それ以外の魔法具まで持っているなんて、一体どれだけお金持ちなんでしょうねぇ……」

値段のことを想像しただけでため息が出る。こういう時にちょっとだけ、神様って不公平だと思うよね。

「普通なら、魔法具を作るのには相応の時間がかかる。それが価格に反映されるのだが……。これについては、やりながら学ぶ方がいいだろう」

アスタールさんはそう言うと、分厚《ぶあつ》い本を本棚から抜き出してリエラに差し出す。反射的に受け取ったけれど、ずっしりと重くて、危うく取り落とすところだったよ……！

「魔法具の材料と、作製方法が載っている。開いてみたまえ」

言われるままに開いてみると、まずは用途別に分かれた目次がある。

まずは、身近なところで『灯《あか》り』のページから開いてみよう。

そこには、必要な材料の入手先から作り方までが、詳細に記《しる》されている。形状ごとに作り方が変わってくるらしく、少し面倒くさそうだ。その上、この本ってば字が細かくって、すごく見づらい！

作り方を読んでいくうちに、リエラは「あれ？」と首を傾《かし》げる。

「どうしたのかね？」

「この、『導線』を作るのって、ものすごく魔力が必要じゃありませんか？」

「うむ」

当たり前のように頷《うなず》かれたけど、これは思った以上に大変そうだ。

『灯《あか》り』の魔法具の材料は光銅石《こうどうせき》。これを使って、まずは魔力石の受け皿と、灯《あか》りを灯《とも》す魔力灯《まりょくとう》を作る。更に太さ一ミリくらいの針金を作製。最後に受け皿と魔力灯を繋《つな》いで、魔法文字の焼き付けを行《おこな》う。

ざっと流れだけを読んだけど、大変そうなのは、工程のあちこちに『魔力を用《もち》いて』という記述があること。

前にアスタールさんに聞いた話から考えると、魔法具職人さんの魔力が潤沢《じゅんたく》だってことはなさそうだ。となると、各工程を数人で分担するか、日数をかけているってことだよね？

焼き付けしなくてはいけない魔法文字の細かさにも、少し眩暈《めまい》がする。

「さて、本を読むのはそこまでにして、やれそうなことから始めるとしよう」

アスタールさんはそう言うと、鉱石《こうせき》の入った重そうな箱をテーブルに載せる。箱の中に入っていたのは、仄《ほの》かに光る薄い黄色の鉱石《こうせき》だ。

「もしかしてこれが光銅石ですか？」

『魔力視』を使ってみると、微《かす》かに魔力を発している。

「うむ。微弱ではあるが光の魔力が宿《やど》っているため、よく照明に利用されているのだ。外町では灯《あか》り石とも呼ばれていて、魔力石を必要としない灯《あか》りとして使われている」

そう言いながら、パッと見は同じように見える鉱石《こうせき》を二つ並べた。

「違いは分かるかね？」

普通に見ただけでは分からないけど、『魔力視』を使うと違いは一目瞭然《いちもくりょうぜん》だ。リエラから見て左の方が、放っている魔力が明らかに多い。

「こっちの方が、魔力を多く含んでいますね」

リエラが指さすと、アスタールさんは頷《うなず》く。

「光銅石は、鉱脈《こうみゃく》から切り離されると魔力を消費しながら光を放ち続ける。だが、鉱石《こうせき》内に蓄積《ちくせき》している魔力は有限だ。時間が経ち、魔力を消費し切ると、この鉱石《こうせき》から光は失われてしまうのだ」

「ってことは、光銅石というのは生鮮鉱物ですか。石にも消費期限があるんですねぇ……」

しみじみと呟《つぶや》くと、アスタールさんが横を向いて口元を押さえる。

どうしたのかと思ったら、肩が震えていた。リエラの発言の何かがツボにハマったらしい。

仕方ない。アスタールさんの笑いが収まるのを待つことにしよう。

「生鮮鉱物というのは、言い得て妙だな」

しばらくして復帰したアスタールさんは、感心したように何度も頷《うなず》く。

「さて、この生鮮鉱物。実は、加工の際に魔力を補給してやれば劣化《れっか》が抑《おさ》えられる」

そう言いながら、魔力が少なくなっている方の光銅石を手に取って魔力を注ぐ。

魔力を注がれた光銅石は、さっきまでとは光量が段違いだ。元の場所に戻されたそれは、隣のものとは全然違う。これくらい光が強いなら、灯《あか》りとして使われるのにも納得できるよ。

「ここにあるのは、かなり消耗《しょうもう》した鉱石《こうせき》なんですか？」

「うむ。灯《あか》り石としては廃棄《はいき》処分されるものになる」

「この状態になるのに、どれくらいかかるんですか？」

「一月《ひとつき》くらいだろう。『岩窟《がんくつ》の迷宮』で大量に採れるから、外町では安価で供給されている」

「思ったより、身近なところで使われているんですね」

「中町では使っていないから、君には馴染《なじ》みがないかもしれないな。では、まずは私が今から作るものと同じ形に作ってみたまえ」

そう言って箱の中から新しい石を取り出すと、アスタールさんはあれよあれよという間に細長い筒《つつ》を作り上げた。よく見たら、筒《つつ》の片側は塞《ふさ》がっている。

リエラも慌てて同じようなものを作ってみたものの、なんだかデコボコしていて不格好。こんなことなら、木だけでなく金属の細工《さいく》も、もっとやっておけば良かった。楽な方に逃げた結果が、この不細工《ぶさいく》な筒《つつ》ってことだもの。これからは金属の細工《さいく》にも力を入れよう。

「君も数をこなすようにするといい。それから、形を作る時にイメージしやすいようなかけ声を決めるのも効果的だ」

「かけ声、ですか？」

「うむ。やりやすい方法は個々で違うが、『～成形』などでも構わない。自分なりの方法を模索《もさく》してみたまえ」

リエラが筒《つつ》の出来栄《できば》えを見比べて唸《うな》り声を上げていると、アスタールさんがそんなアドバイスをくれた。

かけ声……って言うのかどうかは謎だけど、しっくりくる方法を探してみよう。

「次は、今作ったものに魔法文字の焼き付けをする。使用するのはこのページだ」

そう言いつつ、該当のページを探し出して指し示す。

最初に見たものよりも、なんだか簡単そう――というよりも、文字が少なめだ。これならなんとかなるかも。

「この『暗眠草《あんみんそう》』の抽出液《ちゅうしゅつえき》を使って焼き付けを行《おこな》う」

リエラが本を確認している間に、アスタールさんが用意した小瓶《こびん》を見せてくれる。

小瓶《こびん》の中には、毒特有の魔力を感じる黒っぽい液体が入っていた。アスタールさんは、さっき作った光銅石の筒《つつ》を手に取り、小瓶《こびん》の中に魔力を送り込む。

すると、中に送り込まれた魔力が、文字の形になって飛び出してきた。文字達は、まるで踊っているみたいに筒《つつ》へと向かい、次々とその表面に同化していく。

その様《さま》を見ているだけで、リエラはウキウキしてきてしまう。

やがて文字の舞踊《ぶよう》が終了すると、筒《つつ》の表面は、びっしりと魔法文字で埋め尽くされていた。

「おおおお～！」

感嘆《かんたん》の声を上げるリエラに、アスタールさんはちょっぴり得意げに耳を揺らす。

「では、やってみたまえ」

軽い調子でそう言われたんだけれど――

結局、その日は魔法文字の焼き付けが成功することはなかった。

ううう、悔しすぎる！

魔法文字の焼き付けは、どう考えても、魔法具を作るための要《かなめ》だ。初めての挑戦で成功しなかったのは、仕方がないのかもしれない。

こうなったら毎日特訓して、一日も早くできるようになるしかないね！

というわけで、自由時間を使って練習しようと気合いを入れたんだけど、ここで待ったがかかった。

「気炎《きえん》を上げているところ悪いのだが、一人で練習するのは許可できない」

「ダメなんですか⁉」

ショックのあまり、声がひっくり返る。

「暗眠草には体に害のある成分が含まれているのだ」

これが、アスタールさんが一人での練習を禁止する理由だった。

詳しく聞いてみたら、暗眠草の抽出液《ちゅうしゅつえき》は揮発性《きはっせい》で、瓶《びん》の蓋《ふた》を開けておくと、依存性のある有害な気体が発生するらしい。

「でも、さっきまで普通に使っていましたよね？」

「作業中は、私の方で無力化させてもらっていた」

「その、無効化の仕方、教えてください!!」

「まだ君には早い」

そんなことができるなら是非《ぜひ》！　と思ったんだけど、即座に拒否されてしまう。

ううう……アスタールさんのいじわるぅ……

「必要な力量が身に付いてきたら指導すると約束しよう」

「絶対ですよー！」

ぷーっと膨《ふく》れたら、アスタールさんが耳をピョコピョコさせながら約束してくれた。

仕方がない。教えてもらえる日を楽しみに、もっと精進しよう。多分、魔法の使い方が今よりも上手になればいいんじゃないかな？

予想が外れていたら悲しいけれど、魔法が上手く使えるようになるに越したことはない。できることをやるっていう方向で、頑張ってみよう。

でも――踊る文字の焼き付けを練習する、別の方法はないのかな？

「他に練習する方法はないですか？　もっと簡単にできそうなので――。いっそ、魔法具とは関係ないやり方でもいいんじゃないでしょうか？」

リエラの質問に一瞬首を傾《かし》げてから、アスタールさんはポンと手を打つ。

「では、まずは普通のインクを紙に焼き付けてみたまえ」

「あ、なるほど」

魔法具とは関係ないなら、普通の筆記用具でいいんだ。

うわ、ちょっと考えてみたら自分でも思いつけそうなことだったよ……！

「それができたら次は、板とかで練習するのがいいですか？」

「うむ。素材は樫《かし》にして……好きなハーブで抽出液《ちゅうしゅつえき》を作るといい。どちらもわずかではあるが魔力を含んでいる」

「なるほど。そこから少しずつ、魔力が多く含まれている素材に変えてく感じですか」

「うむ。それでいいだろう」

「分かりました。それで練習してきます」

練習の目途《めど》が立ったから、今日の指導はこれで終了だ。お暇《いとま》させてもらうことにしたら、成形の練習にと、残っていた光銅石を箱ごと渡される。

「思ったよりも、軽いんですね」

「うむ。それでも一応、金属に分類されている。ああ、見本代わりにこれも持っていきたまえ」

そう言ってアスタールさんが箱の上に載せたのは、見本に作ってくれた光銅石の筒《つつ》だ。

「魔法文字を覚えたくても本がないから、他に何をしようか悩んでいたので助かります」

流石《さすが》に本を借りるのは難しいと思っていたんだけど、その代用品として、焼き付け済みの筒《つつ》は悪くない。

お礼を言うと、アスタールさんが妙なことを言い出す。

「うむ。次回の授業で、この本の複製を作ることにしよう」

いやいや。本の複製って、そんなに簡単にできないですよ……ね？

リエラは部屋に戻ると、早速《さっそく》紙とインクを用意して焼き付けの練習を始めた。

まずは、お手本の筒《つつ》と同じ形に紙を成形する。紙は植物の加工品だから、あっさりとリエラの思った通りの形になった。伊達《だて》に木製の指輪を量産していたわけじゃないのです。

えっへん。

次は、インクの蓋《ふた》を開けて魔力を通す。

こっちに関しては、最初は少し戸惑ったものの、なんとか成功。インク瓶《びん》の中から、糸ミミズみたいな形のインクを取り出し、宙に浮かべることができた。

考えてみると、魔法薬を調合したあと、樽《たる》に移すのと要領は似ている。ただ、あっちは何も考えずに移動すればいい。

それに対してこちらは、文字を作るのに必要な分だけ取り出す必要がある。砂場の中から砂を一粒だけ摘《つ》まみ上げるようなものだ。更に、形を一つ一つ変えなくてはいけないとか……。こうやって言葉にしただけでも、難しさが想像できるんじゃないかと思う。

苦労して取り出したのは、のたくっている糸ミミズ。しょんぼりと肩を落としかけ、そこで思い直す。

いやいや、最初から文字の形にしようなんて考えない方がいいんじゃない？

一度、糸ミミズをインク瓶《びん》に戻し、改めて必要な分だけを取り出す。それからお手本と同じ形に変形させせよう。

早速《さっそく》、そのやり方で挑戦してみると、思った以上に上手くいった。

今度は、この文字を紙に焼き付ける――んだけど……

焼き付けるっていうイメージがイマイチ湧《わ》きづらい。一旦《いったん》、インクを瓶《びん》に戻して、見本を手に取る。触ってみると、暗眠草の抽出液《ちゅうしゅつえき》は金属と完全に同化しているみたいだ。

リエラも見本に倣《なら》って、同化させるイメージでインクの文字を紙に触れさせる。染み込むんじゃなくって、同化しろーっと一生懸命念じているうちに、浮かんでいた文字が紙に付く。

――なんか、上手くいかなかった雰囲気だ。

リエラは新しい紙を用意して筒《つつ》を作ると、改めて最初からやり直す。

さて、できるようになるまで、どれだけかかるだろう？


練習を続けていくと、一段階目の練習は一日でなんとか形になった。二段階目の迷宮産の樫《かし》の板とハーブの抽出液《ちゅうしゅつえき》での挑戦も、四日目には成功！

一週間経った今は三段階目の、『より魔力を含んだ素材』での練習に勤《いそ》しんでいる。

練習用の素材は、アスタールさんの箱庭の地下にある魔力水と、バイバイナッツの枝。

バイバイナッツは魔法薬にも使うから、魔力を含んだ植物だろうと思ったんだけど、正解だった。ますます、リエラの箱庭にも欲しくなっちゃったよ。

さて、一週間経ったってことは、今日はアスタールさんの授業の日だ。

「それで、どこまでできるようになったかね？」

「今は三段階目の素材で、十回に一回は成功するくらいです」

アスタールさんの問いに、そう答える。

練習用の素材はアスタールさんから支給されている。だから、この答えだけでも練習の進み具合は把握《はあく》してもらえるはずだ。

少し間を置いてから、アスタールさんは今日の予定を口にする。

「では、今日は少し迷宮での時間を多めに取って、座学は短めにするとしよう。座学では新しいことを教えるので、楽しみにしていたまえ」

リエラが首を傾《かし》げると、片耳をピョコンとさせた。なんか、アスタールさんだけが面白いと思っている時の癖《くせ》だ。

座学の時間に、なんかやるつもりらしい。リエラはひっそりと、何を言われても動揺しないように気合いを入れた。


午前の授業はいつも通り『高原の迷宮』での採集と、採集品の使い方講座だ。今週から、教えてくれる内容に『魔法具にも使われる～』という言葉が入るようになった。

今までに教わった、毒が含まれる素材のほとんどは、魔法具に使えるらしい。処理の仕方によっては薬になるものもあるから、一概《いちがい》に毒とは言えないんだけれども。

魔法具の作り方を教わり出したから、使う素材についても教えてくれるようになったのかな？　と思いつつ、迷宮での授業を終えたところで遅めのお昼ご飯の時間だ。

「たまには、外食でもするかね？」

「そうですね……この時間に戻っても、お昼ご飯は片付けたあとでしょうし」

セリスさんはすぐに用意してくれそうだけど、改めて二人分だけお昼ご飯を作らせるのは申し訳ない。

そんなわけで、久しぶりに外町の食堂に入る。さりげなく店内を見回してみると、店内のあちこちに光銅石が灯《あか》りとして置かれていた。

ただ、リエラが想像していたように、むき出しの鉱石《こうせき》が置いてあるわけではない。小《こ》洒落《じゃれ》た照明器具として吊るされていたよ。入れ物がお洒落《しゃれ》だとインテリアにもなるんだと、勉強になった。

ご飯を食べ終わってから時計草を見ると、もう三時だ。この時間にお昼を食べたんじゃ、お夕飯が入らないかも。

腹ごなしがてら、のんびりと歩いて工房へ戻る。ヤギ車に慣れた今は、歩くのが少し面倒な距離だ。でも、たまにはこういうのも悪くない。

工房に戻ると、いつものようにアスタールさんの執務室《しつむしつ》に向かう。

「さて。魔法文字の焼き付けに関しては、引き続き練習を行《おこな》ってもらいたい。今の素材での失敗がなくなったら、次の段階に進むことにしよう」

「了解です」

まだ三段階目で苦戦しているんだから、これは当然だよね。

「では本題に移ることにしよう。今日は箱庭についてだ」

アスタールさんは自分の『賢者の石』と一緒に、『魔法具大全』と書かれた分厚《ぶあつ》い本を机に置く。

「実は、私はこの本を一冊しか持っていない。だが、君にもこの本を渡して、自分の部屋でも勉強できるようにしてやりたいという気持ちもある」

アスタールさんの意図が理解できずにリエラは首を傾《かし》げる。

「そこで、だ。この本を増やしてしまおうと思うのだ」

そう言うと、実にさりげない手つきで『賢者の石』にその本を食べ、させ、た。

「ちょ、アスタールさん!?」

さりげなく、なんてことをしているんですか!!

思わず立ち上がるリエラをよそに、アスタールさんは更に『賢者の石』への指令を続ける。

「『譲渡《じょうと》：賢者の石』『対象：リエラ』。承認したまえ」

「へ？　承認？」

──え？　今、妙な指示をしてなかった？　反射的に答えたあとに気が付いて、さーっと血の気が引く。

『賢者の石』への指令が終わると、アスタールさんは自分の『賢者の石』をリエラの手の中に押し込む。

「その『賢者の石』の権利を君に譲渡《じょうと》した」

ちょ……。譲渡《じょうと》ってなんですか!?

たった今渡されたのは、『廃研究所』の石。それを手に、口をパクパクさせているリエラに、アスタールさんは言う。

「これから、私が言う通りに操作したまえ」

「いやいやいやいやいや！　その前に!!　譲渡《じょうと》ってなんですか!?」

やっとのことで声を上げたリエラを、アスタールさんは不思議そうに見返す。

「譲渡《じょうと》というのは、譲《ゆず》り渡すという意味で──」

「言葉の意味じゃないです！」

「言葉の通りなのだが？」

わけが分からないという様子で首を傾《かし》げられ、リエラはがっくりとうなだれる。

「ふむ……。何故、という意味かね？」

ふと合点《がてん》がいったように問いかけてきたアスタールさんに、無言で頷《うなず》く。すると、やっとまともな答えが返ってきた。

「箱庭を君のペースに合わせて育てるのでは、進捗《しんちょく》が遅すぎるというのが理由だ」

あ、身も蓋《ふた》もない理由。

突然、譲渡《じょうと》なんてことをされたのは、リエラのせいだったのか……

「とはいえ、君が初めて作る箱庭だ。指導したいことばかりを押しつけて、方向性を捻《ね》じ曲げることはしたくない」

しょんぼりと肩を落とすリエラに、アスタールさんは静かに言い含める。

「譲渡《じょうと》した箱庭は、君の箱庭とは対照的になるようにわざと作ってある。趣味には合わないかもしれないが、箱庭の運用を学ぶためだと割り切って使ってほしい」

「そういう理由だったら、先にそう言ってくださいよぉ……」

リエラがため息交じりにそう言うと、意外な答えが返ってきた。

「先に説明をしていたら、君は自分の箱庭を不本意な方向に捻《ね》じ曲げる可能性があったではないか」

「……否定は、できませんね」

「先程も言った通り、私はそれをしたくないのだ」

確かに、説明を聞いたあとに譲渡《じょうと》の話をされたら、リエラは自分の箱庭を作り変えるからと言って、その提案を蹴《け》っていただろう。

なら、これはリエラのためを思っての行動なわけで、アスタールさんを責めるのはお門違《かどちが》いだ。すごく驚いたけど、自分がやりそうなことを考えると、仕方ないと思うしかない。

意外と、リエラのことをよく見ているなぁ……。そう思うと少しこそばゆい。

気持ちを切り替えるために、長めの深呼吸をすると、アスタールさんに頭を下げる。

「中断させてしまってすみませんでした。続きをお願いします」

「では、まずは『道具設置』『鉄櫃《てっぴつ》』から」

リエラは箱庭を起動させて、言われた通りに指示を出す。

中空《ちゅうくう》に浮かぶ箱庭内の映像に、鉄櫃《てっぴつ》――鉄製の箱が現れて、チカチカと点滅を繰り返す。道具を設置する時は、対象になる道具の名前を指示するだけでいいらしい。

「では、地下一階に配置したまえ。ちなみに配置された道具は、箱庭の中から持ち出すことはできない」

「えっと、変な場所に置いちゃった場合はどうすればいいですか？」

「その場合は、配置場所を変更することは可能だ」

ふむふむ。

早速《さっそく》配置すると、アスタールさんは次の指示を出した。

「次は、『小物配置』『魔法具大全』『鉄櫃内《てっぴつ》』『週一回』」

今度は小物か……。小物の場合は、配置する小物の名前の他に、場所と頻度《ひんど》を設定するらしい。道具を配置する時にはなかった頻度《ひんど》という項目が、ちょっと引っかかる。

アスタールさんはなんて言っていたっけ？　確か、『この本を増やしてしまおう』とか言ってたような……？

そこまで考えて、やっと『頻度《ひんど》』の意味に思い当たる。

「『小物配置』って、配置した小物を設定された頻度《ひんど》で生み出し続ける……とか、そういう感じですか？」

「うむ。概《おおむ》ね君の想像通りなのだが、若干《じゃっかん》違う点がある。配置した小物が指定された場所になかった場合にのみ、再配置されるのだ」

「箱庭内の、他の場所にある場合はどうですか？」

箱庭から持ち出す途中で、元の場所に戻っちゃったら、泣くに泣けない。

「指定の場所の近くになければ、迷宮内の他の場所にあっても、新しいものが再配置される」

念のために聞いてみると、返ってきた答えに一安心だ。

「ただし、配置できるものは『無生物』のみだ。また無生物であっても、魔力石や『賢者の石』は対象外になる」

追加された情報に、ふと思う。

「例えばですけど、魔法薬とかも配置できたりするんですか？」

「魔法薬かね？　配置できないわけではないが、コスト的に考えると勧《すす》めづらい」

「というと？」

「毎日、『高速治療薬』の小瓶《こびん》を再配置すると、それだけで森が作れるほどのコストがかかる——と言えば分かるかね？」

「おおう……」

「『小物配置』に関しては、魔力の含有量《がんゆうりょう》でコストが決まるのだ。魔力の有無によってコストが変動する。この辺のことは、追々《おいおい》やっていくことにしよう」

「了解です」

とりあえず来週の授業からは、今日譲渡《じょうと》された『賢者の石』を持ってくるようにと言われた。

部屋に戻ってから確認してみると、もらった『廃研究所』の石はリエラの『素材回収所』の石よりも大きくて、余剰《よじょう》魔力もたくさんある。リエラの箱庭は趣味全開で作っているから、余剰《よじょう》魔力が足りてない状態だ。

もしかしたら今日やったことも、アスタールさんの予定ではもっと前にやれていたはずなのかも。少し落ち込んだけれど、へこんでいても仕方がない。今度からはそんなことがないようにやっていけばいいやと開き直ることにした。

同じ失敗をしないように頑張ろう！


魔法文字の焼き付けの三段階目も無事クリアしたのは、翌週の半《なか》ばのこと。

今度こそ設置型魔法具を作るための最終段階をクリアするぞ！　と、気合いを入れてアスタールさんの執務室《しつむしつ》にやってきたリエラは、そこにアスラーダさんがいたことに戸惑う。

「とりあえず、私が用意した抽出液《ちゅうしゅつえき》を使って焼き付けを試してみたまえ」

アスタールさんは、リエラの前に光銅石の筒《つつ》と一緒に、暗眠草の抽出液《ちゅうしゅつえき》の瓶《びん》を並べる。

戸惑いつつも抽出液《ちゅうしゅつえき》の瓶《びん》を右手に持ち、正面に光銅石の筒《つつ》を立てた。筒《つつ》を立てるのは、この方が魔法文字を焼き付ける時に歪《ゆが》みにくくなるからだ。

抽出液《ちゅうしゅつえき》の瓶《びん》から蓋《ふた》を取ると、リエラの周りが空気の膜《まく》に覆《おお》われる。リエラが一人で暗眠草の抽出液《ちゅうしゅつえき》を使う許可が下りないのは、魔力操作中に魔法を使うことができないから。これは、魔法を同時に二種類使うよりも難しい。

二種類の魔法を同時に行使することなら、リエラもできる。でも、無意識に維持できるほどの技術がないから、目下《もっか》、それを克服《こくふく》する努力もしているところだ。今のところはアスタールさんの保護下で挑戦させてもらうしかないけど、慣れたら一人でもやれるようにならないと。

何はともあれ、準備は完了！

早速《さっそく》、抽出液《ちゅうしゅつえき》から魔法文字を作るために、全力で魔力を注ぎ込む。この作業も、段階を踏んで練習した甲斐《かい》があって、大分《だいぶ》上達しているんだけど……

それでもやっぱり、今日も魔力が通る気配はない。

「一旦《いったん》中止したまえ」

更に魔力を注ごうと気合いを入れ直したところで、ストップがかかる。

アスタールさんはため息を吐《つ》くと、今度は暗眠草と空き瓶《びん》をリエラの前に並べた。

「暗眠草の毒素をこの瓶《びん》に抽出《ちゅうしゅつ》してみたまえ」

抽出《ちゅうしゅつ》したものが目の前にあるのに？

不思議に思いながらも、言われた通りに抽出《ちゅうしゅつ》する。

「今、抽出《ちゅうしゅつ》したものを使って挑戦してみたまえ」

「えっと……？　今作ったのでですか？」

「うむ……」

「はぁ」

なんでかは教えてくれないらしい。仕方がないので、今抽出《ちゅうしゅつ》したものを使って同じことを試《こころ》みる。さっきと同じように、できるだけ強く魔力を――

「ふえ⁉」

え？　今、何が起きたの⁉

突然、瓶《びん》から魔法文字が飛び出してきて光銅石に溶け込んだ。できないと思っていたことが、突然、妙な形でできてしまって、リエラは大混乱だ。

「問題は解決、だな」

「うむ。助かった」

そんなリエラをよそに、アスタールさんは、アスラーダさんに何やらお礼を言っている。

二人を見比べて戸惑っていると、アスラーダさんが説明してくれた。

「先に使っていた抽出液《ちゅうしゅつえき》は、アスタールが手ずから作ったやつなんだ」

「うむ」

そう言ってアスラーダさんは、二つの抽出液《ちゅうしゅつえき》を手に取ると、テーブルの下に隠す。

「今、アスタールが作った方がどちらの手にあるか分かるか？」

「右ですよね」

そんなことは、すぐに分かる。リエラはアスラーダさんの問いに答えながらも、意味が分からず首を傾《かし》げた。

「正解だが、判断の理由は？」

「だって、そっちの方が明らかに含まれている魔力が多いです」

簡単に分かるのに、なんでこんなことを聞くんだろう？

「ああ。お前が失敗した原因は、アスタールが頑張りすぎたのが原因なんだ」

その言葉に、アスタールさんはしょんぼりと耳を垂らす。

「えっと……？　アスタールさんが頑張ると、何かまずかったんですか？」

リエラが聞くと、アスラーダさんがため息交じりに説明を始めた。

「アスタールはお前と比べても、はるかに魔力が多い」

「はい」

「分かりやすく説明するなら、お前やセリスがいつも作っている薬と同じものを作らせようとすると、一つの工程でしか魔力を注がなかったとしても、水を足して薄めないといけないくらいだな」

「え、それでちゃんとしたのができるんですか？」

いつもやるのは、薬草の下準備と、煮出し作業の二工程。

それを片方サボれるのかとビックリして訊《たず》ねる。頑張って魔力を注げば工程を一つ飛ばせるのなら、そのやり方を切実《せつじつ》に教わりたい。

薬草をすり潰《つぶ》すのって、地味に疲れるんだから……！

「例えばの話だ。本当にそんなことをしたらただのゴミになる。……試すなよ？」

「あ、はい。分かりました」

なんだ、やっちゃいけないのか。がっかりだよ。

「まあ、俺とお前の魔力を足して倍にしても届かないくらい……と言った方が分かりやすいか？」

改めて提示された例について、首を傾《かし》げつつ想像してみる。

うん、全然分からない。でも、想像がつかないくらいの差があるって思えばいいのかな？

「なんか……規格外なんですねぇ……」

「ああ。その規格外なやつが、大真面目に加工した素材がどうなったかと言うなら、だ。

水も漏らさないほど緻密《ちみつ》な布を織り上げたような状態になってしまったというわけだ」

「それ、布なら使い道がありそうですけど……」

「ああ、布ならな。だが今回の場合、お前はその布に水を含ませるように言われていたんだ」

「ありゃりゃ……」

　そりゃ、無茶ぶりもいいとこですね。

　アスラーダさんのたとえ話に、アスタールさんがしょんぼりとうつむく。そんなにしょげなくってもいいのに。

　チラチラとそっちを見ていたら、アスラーダさんがリエラに頭を下げる。アスタールさんも気付いてそれに倣《なら》う。

「これからは、素材の加工から自分でやれば、今回のような躓《つまず》き方はしないだろう。次回がないように言い含めておくから、今回は大目に見てやってほしい」

「大目に見るも何も……。わざとじゃないですし、問題ないですよ。それに……」

「それに？」

「最初は普通のインクでやるのも手こずったんです。段階を踏んで練習することができたのは、逆にいい経験になったと思います」

リエラがそう言って笑うと、二人はほっとした顔をする。

何はともあれ、これで魔法具作りに一歩踏み出せたってことだ。

「次に何を作らせてもらえるのか、楽しみです♪」

「まずは、今作っているものを完成させるとしよう」

リエラの言葉にアスタールさんは顔を上げ、いそいそと他の道具を並べ始めた。

それを確認すると、アスラーダさんは静かに部屋から出ていく。部屋を出る前に、一瞬、視線が合ったので頭を下げた。

今回は、アスラーダさんに気付いてもらえなかったら、魔法具作りを諦《あきら》めていたかも。

気付いてもらえて助かったよ。

その日、リエラは『灯《あか》り』の魔法具を三つ作り上げてから授業を終えた。

スルトとリエラの里帰り

あっという間に、一年のうちで一番寒さの厳しい『冬の半月』も終わり。

雪の深い地域でも、だんだんと春が近づいてくるのが実感できる、『冬の満月』になった。

まあ、グラムナードだと雪は降らないし、ちょっぴり肌寒い程度だ。春が来たといっても、イマイチ実感は薄い。

それでも雪が深くなる時期には、物流が滞《とどこお》っていたみたい。外町にやってくる行商の人達の姿も少なかったように思う。探索者さんは相変わらず大勢いたんだけどね。

何はともあれ、今月が終われば今年も終わりだ。『春の三日月』になると、各地で新年のお祭りが行《おこな》われる。

それに、リエラも新年と同時に十三歳だ。

着々と大人への階段を上《のぼ》っているのが、なんとなく誇《ほこ》らしい。まだ一人前と認めてもらえる年齢ではないけど、その年齢が近づいてくるというのがなんとも嬉しいんだよね。

グラムナード錬金術工房にも、少し変化がありそうだ。その一つが、教師役として王都から二人派遣されてくることになったこと。それから――

「里帰り……ですか？」

「うむ。年明け前に、しておいたらどうかね？」

「ありがたいお申し出ですけど……」

突然のアスタールさんの言葉にリエラは戸惑った。

いや、このまま帰ってこなくていいよ、とか言わないよね……？

「新規の求人をするために兄上に各地を回ってもらうのだが、その時に君の送迎《そうげい》も引き受けてくれるそうなのだ」

リエラの不安は、そのまま顔に出ていたらしく、アスラーダさんが補足説明をしてくれた。

「期間は二週間程度になる予定だが、各町で手続きが必要になる関係で、多少予定が延《の》びることがあるかもしれない」

「じゃあ、その間はリエラ一人ですか？」

「いや、せっかくだからスルトも連れていきたまえ」

「スルトも？」

一瞬、普通に納得しかけてから、あることに気が付く。

「スルトって年が明けたらアスラーダさんの弟子を卒業するんじゃありませんでしたっけ？」

思わず呟《つぶや》くと、驚きの答えが返ってきた。

「彼は、工房と契約を結ぶことになったのだ」

「へ？　契約、ですか？」

「うむ。今年、兄上が行《おこな》っていたようなことを、新しい弟子達にすることになる」

「アスラーダさんがやっていたようなことって、迷宮内での護衛兼採集指南《しなん》と、戦闘訓練的なのですか？」

それを聞いて、リエラの方が不安になる。

確かにスルトは、アスラーダさんに弟子入りする前よりもずっと強くなったみたいだけど……

アスラーダさんがやっていたようなことを、ちゃんとできるのかな？

「流石《さすが》に、兄上の時のようにはいかないだろう。だから彼は、ルナと二人でその仕事にあたることになる」

「なるほど……。なら、大丈夫ですね」

ルナちゃんと一緒だと聞いて、ほっと胸を撫《な》で下ろす。

彼女は意外と教えるのが上手だし、剣の腕もいいらしい。スルトと二人なら、きっと頼りになる護衛兼教官になれるだろう。

「それから、今回の里帰りの間に、君に頼みたい仕事があるのだ」

「はい。なんでしょう」

少し改まった口調で言われて、居住まいを正す。

「君に、エルドランでの人材探しを任せたい」

そんなこんなで、エルドランへと里帰りをすることになったリエラは今、馬上《ばじょう》の人になっている。と言っても、乗馬の心得《こころえ》なんてないからね。一人で乗れるわけもないので、馬を操《あやつ》っているのはアスラーダさんだ。

スルトはいつの間にか馬に乗れるようになっていて、今は隣を走っている。

炎麗ちゃんは、リエラ達が乗っている馬の前や後ろをヒラヒラと行ったり来たり。普段は思い切り飛び回る機会がないからか、なんだかとても楽しそうだ。

疲れてくると、アスラーダさんの肩にとまってご機嫌な様子で体をすり寄せている。

こうやって何気なく甘えている姿に、アスラーダさんのことを好きな気持ちがこもっていて、なんだかほっこりした気分になっちゃうね。

ちなみにリエラ達が乗っているのは、貸し馬屋さんのお馬さん。

貸し馬屋さんっていうのは、ある程度大きな町には大体あるそうだ。

隣町までの間だけ借りることができるんだけど……なんとお値段が、十万ミル！

目玉が飛び出るかと思った、この代金。借りた町の隣町にある貸し馬屋さんに馬を返せば、九万ミルが返金される。だから、実質的な代金は一万ミルなんだよ。駅馬車で移動すると一人当たり一万ミルかかるから、今回は少しお得感がある。

何せ、リエラはアスラーダさんのお馬さんに同乗させてもらっているからね。というか、二人乗りだと実質半額だよ？　すごいお得!!

もう一つの魅力は、駅馬車よりも早く移動できることだ。馬を休ませる時間は必要だけど、駅馬車に比べて運ぶ荷物が軽いのがその理由らしい。

それはそうと、アスタールさんから頼まれた人材探しは引き受けることにした。リエラがアスタールさんの弟子を探すのは変だと思ったんだけど、理由を聞いたら納得しちゃったんだよね。

「……王都、かぁ……」

「王都がどうした？」

その時のことを思い出した拍子に、口に出していたらしい。アスラーダさんが耳聡《みみざと》く聞き返してくる。

あー、うん。まぁ、知ってそうだからいいか。

一瞬、話してもいいものか悩んだけど、内緒にする必要もなさそうだ。

「アスラーダさんは、リエラが王都に行くことになるって話、聞いていますか？」

「ああ。十五になったらだろう？」

思った通り、知っている話だったらしい。アスラーダさんからは、なんてことないって雰囲気の返事が返ってきた。

そういえば、彼は王都育ちなんだっけ。そう思っていたら、スルトが驚いた顔でこっちを見ている。

スルトも耳がいいなー。お馬さんの走る音で、結構聞こえづらい気がするんだけど。スルトにはあとでちゃんと話せばいいやと、リエラはアスラーダさんに言う。

「その関係で、里帰り中に一緒に王都へ連れていけそうな人を探してくるように言われたんですけど、なんだか自信がなくって……」

「……変な条件でも付けられたのか？」

「条件は、『リエラが一緒にいて気楽な人』『多少は魔力がある人』『成人前の人』の三つなんですけど……」

「まぁ、それなりに長い間一緒にいることになるかもしれないから、『気楽な相手』というのは分からないでもないな」

でも、一緒にいて気楽なだけの相手じゃ、ダメだよね？

何せ王都には、工房兼お店を開くために行くらしいんだから。

「『魔力がある』に関しては、スルト《そこのネコ》ほど魔法に見放されているやつは、そうそういないだろうから気にする必要はないだろう」

「うわ！　師匠、ヒドイ!!」

アスラーダさんの発言に、耳と尻尾《しっぽ》をピンと逆立ててスルトが抗議の声を上げる。

「スルト、そんなに適性ないんだ……」

「やっと、兎《うさぎ》レベルを卒業したところだな」

「うさ……！」

スルトががっくりとうなだれた。スルトは確か、学校では『魔法適性なし』の判定だったはず。でも、工房に来てから魔力は増えたんだよね？

まあ、身体強化系の魔法を一回使うのがせいぜいだって話だったけれど。まさか、以前は兎《うさぎ》さんよりも魔力が少なかったとは……

なんにせよ、スルトほど魔力がない人は珍しいというのなら、あまり気にしなくてもいい項目かも。

「『成人前』というのは、魔力の成長が多少なりとも見込めるのが一つ。もう一つは、あまり年上だと、やりづらくなることがあるからだろうな」

「やりづらい？」

「リエラは王都の店の工房主《ぬし》になるわけだが、年下の指示に従うのが嫌だというやつも結構いる」

「へぇー……。そういうものなんですねぇ。となると、もう一つの条件は……」

「まだあるのか」

「はぁ。可能ならって前置き付きで『地と火か地と水の二属性持ちだと尚良《なおよ》し』と」

「そりゃ、ハードルが高すぎだ。無視でいい」

最後の条件を聞いたアスラーダさんは、深いため息と共にそう言い捨てる。

ですよねー……。流石《さすが》に、そんな気がしていました。リエラが言うのもなんだけど、複数の属性を持つ人がそんなに簡単に見つかるとは思えない。

アスラーダさんの言葉に、ほっと胸を撫《な》で下ろした。

山道を抜けた先にあるウガリの町には、その日の夕方になる前に辿《たど》り着いた。ゆったりと準備して、十時過ぎに出発したのに……！　荷馬車で移動した時は、朝早くに出ても二日はかかったよね？

ところで、この町に着いた時にやっと、季節がまだ冬なんだってことを実感した。

何を今更って感じなんだけど、山道ではまるで寒さを感じなかったんだよ。まさか、山道を一歩出た途端《とたん》に、冷たい風が吹きつけてくるなんて思いもしなかった。思わずアスラーダさんに抱きついてしまったのは、今考えるとちょっと恥ずかしい。

町に入ると、さっさと宿《やど》を取る。

アスラーダさん御用達《ごようたし》の宿《やど》で、お風呂付き。お値段はお風呂が付いている分お高めだけど、お風呂に入るのがすっかり習慣になっているからね。お値段については妥協《だきょう》するしかない。

ちなみにこのお宿《やど》、グラムナード出身の女将《おかみ》さんが経営しているらしい。アスラーダさんがこの宿《やど》を贔屓《ひいき》にしているというのも、その辺が大きな理由なのかな？　同郷支援的な。

実は、馬を乗り換えれば、もう一つ先の町まで行けなくもない。それでもここに宿《やど》を取ったのは、暖かい服に着替える必要があったのと、温度差に慣れるためだ。ここと比べると、グラムナードは冬だとは思えないくらいに暖かかったからね。

暦《こよみ》の上では冬なのに一向に寒くならないものだから、いつになったら秋が終わるんだろうって思っていたくらいだ。こんなに気温差があるんじゃ、馬を乗り換えてすぐに次の町に向かったら風邪をひいてしまうよ。

服を着替えてほっと一息吐《つ》くと、なんだか妙に落ち着かない気分になる。時間を持て余すっていうのも、なかなか稀有《けう》な体験だ。

何せ、今までの人生でこういう時間って存在しなかったんだよ。

孤児院にいた時にはお手伝いや子守《こもり》で手一杯《ていっぱい》だったし、グラムナードでもやれ調合だ、やれ『育成ゲーム』だと忙しかったからなぁ……。こんなことなら何か読む物でも、荷物に詰めておけば良かった。そんな風に思っていたところで、ドアを誰かがノックする。

「はい？」

リエラを訪ねてきそうな人はといえば、炎麗ちゃんを除けば一緒に来た二人だけ。ドア越しに返事をしたら、「俺だ」と、アスラーダさんの声。

「どうしたんですか？」

安心してドアを開けると、そこには暖かそうな冬装束《ふゆしょうぞく》に着替えたアスラーダさんがいた。

「まだ日が落ちるまでには時間があるから、町を少し歩かないか？」

「あ、いいですね！　行きます」

いい暇潰《ひまつぶ》しになりそうだ。

リエラは喜んで返事をし、セリスさんが作ってくれた寒冷地《かんれいち》仕様の白クマさんケープを身に着けて、彼と一緒に町へと繰《く》り出す。

「そういえば、スルトと炎麗ちゃんは来ないんですか？」

「ああ、あいつらは『寒い!!』って言って部屋で丸くなっている」

スルト達がいないことが気になって訊《たず》ねてみると、そんな答えが返ってきた。

「あ～……。スルトは猫だからか、冬は毎年そんな感じだったかも」

言いながら、思わず苦笑が漏れる。炎麗ちゃんも寒さに弱いのかな。この町に着いた時に、慌ててアスラーダさんの服の中に潜《もぐ》り込もうとしていたし……

「せっかくだから一緒に観光すれば良かったのに」

「だが無理に連れ出す必要もないだろう？」

「まあ、そうですね」

行かないって言う人を、無理に連れていっても仕方がない。リエラはスルトの分も楽しんで、あとで自慢してやろう。

そういえば、リエラがこの町に来るのは二度目になる。前に来たのは、グラムナードに向かう途中で最後に宿泊した時だよね。

もちろん宿泊するのが目的だったし、同行させてくれた隊商の人達にとっては何度も来ている町だから、観光なんて思いつきもしなかった。そもそも、そんなお金もなかったし……

それが、こうやって楽しむために町歩きをするなんて、人生って分からないものだなぁ……。そんなことを思いながら、傍《かたわ》らを歩くアスラーダさんを見上げる。

「ん？」

見上げた途端《とたん》に、バッチリ彼と目が合った。

「ご、ごめんなさい」

思わず謝って視線を逸《そ》らすと、アスラーダさんは不思議そうに首を傾《かし》げる。

「いや、あの、ですね？　なんか、不思議だなって思って」

「不思議？」

「最初は、アスラーダさんって隊商の護衛の一人だったじゃないですか」

「――ああ、そうだったな」

「隊商のお姉さん達にモテモテで、リエラが近づくことなんてできない人だったのに。今はこんなに近くにいるんですもん。不思議じゃないですか？」

「……それは、確かに」

同意しながらも、本人は渋い顔だ。

多分、あの時のことを思い出したんだろう。あの時の彼は肉食系のお姉さん達に狙われる獲物の立場だったから、いい思い出ではないのかもしれない。

「まさか隊商一のちびっ子が、弟の弟子になるとは思わなかったな」

「むむむ？　リエラだっていつまでもちびっ子じゃないですよ？　ちゃんと数年後にはこう、スラッと素敵に――」

自分で言っていて、なんだか悲しくなってくる。

そりゃあ、多少は育つだろうけど――。背が高くなる子は、同じ年齢でも既《すで》にスラッとしているんだもの。

「――なるといいなぁ……」

多分、願望で終わるんだろうなぁ。

「まあ、今のままでも悪くないと思うが」

一人で勝手にしょんぼりとするリエラの頭を、アスラーダさんがポンポンと軽く叩く。

そうしながら口にしたのは、今のリエラを肯定してくれる言葉だ。

なんだか、ちょっぴり――ううん。すごく、嬉しい。

でも、言った本人は恥ずかしくなってきたらしい。耳を赤くして、足早に歩き出す。まるでスルトみたいな子供っぽい行動だ。リエラより十二歳も年上なのに……と可笑《おか》しくなってしまう。口元を隠しても、目元が笑っちゃうのは隠せないね。

アスラーダさんが気付く前に、なんでもない顔を取り繕《つくろ》わなくっちゃ。手袋をはめた手で頬《ほお》をムニムニと揉んで、にやけそうになる表情を修正、修正――

「――パパ！　ママ!!」

リエラの横を、小さな赤毛の女の子がすり抜けていく。彼女の向かう先にはがっしりとした体格の男性と、ほっそりとした女性がいた。女の子は満面の笑みで走っていたんだけど、二人の目の前で躓《つまず》いて転ぶ。泣き出した女の子は、母親らしい女性に慰《なぐさ》められてすぐに泣きやんだ。

リエラには、父親も、母親も、いない……

考えても仕方のないことが、頭をよぎる。

女の子は男性と女性に挟まれるようにして手を繋《つな》ぐと、嬉しそうに何やら話しながら歩いていく。その姿が見えなくなるまで目で追ってしまうのは、小さな頃からの癖《くせ》だ。

知ってる――

どんなに欲しくたって、それがリエラには手に入れられないものなんだってことくらい。

視線を落としてため息を吐《つ》くのも、気分を変えるための癖《くせ》だ。

無理なものは望まなければいいだけだから、平気。家族なら、孤児院のみんながいる。

リエラは別に一人じゃない。

目を上げると、先を歩いていたアスラーダさんがいつの間にか戻ってきている。

「リエラ」

「どうしたんですか、変な顔して」

リエラの名前を呼んだきり黙り込む彼は、何故か途方《とほう》に暮れたような表情だ。それが不思議でリエラは首を傾《かし》げた。

「──なんでもない」

「はぁ……」

なんでもないって言うなら、別にいっか。

なんだか気まずい雰囲気になってしまい、話題を変えようと、近くの屋台を指さす。

「あ、あそこのスープ、飲んでみたいです!」

「──ああ、温まるし、悪くないな」

アスラーダさんの同意を得ながら買ったスープは、トロッと濃厚な味付けでなかなか美味《おい》しい。フーフー冷ましながら啜《すす》ると、お腹の中からじんわりと体が温まっていく。

「あったまりますね」

そう言って笑いかければ、アスラーダさんの表情も緩《ゆる》む。

「ああ、寒い時には何よりのごちそうだな」

「ですね～」

飲み終わった器《うつわ》を屋台に返却したら、何故かアスラーダさんの手が目の前に差し出された。

わけが分からずに見上げると、彼は難しい顔をしてこちらを見つめている。

「手」

「はい？」

「迷子になると困るだろう？」

どうやらリエラが迷子にならないようにと、手を繋《つな》いでくれるらしい。

そんなに危なっかしいかな？

首を傾《かし》げつつ手を取ると、アスラーダさんはほっとした様子で指を絡《から》めてくる。

あれ？　これって、いわゆる恋人繋《つな》ぎ？

繋《つな》ぎ直された手から視線を移動させると、アスラーダさんの耳は真っ赤だ。

「……初々《ういうい》しいねぇ」

屋台のおじさんが勘違いをしてそんなことを呟《つぶや》くもんだから、リエラの顔も赤くなる。

「あ、アスラーダさん！　あっち！　あっちの屋台も美味《おい》しそうです‼」

その場を逃げ出す口実に、ついつい串焼き屋さんに向かったんだけど……

アスラーダさん、そんな態度を取られると、流石《さすが》にリエラも勘違いしちゃいそうです。


串焼きは思った以上のボリュームで、リエラのお腹はパンパン。宿《やど》に戻ったら、スルトに呆《あき》れられた。

「買い食いで腹いっぱいとか、リエラはアホだな」

今夜の宿《やど》は食事も売りの一つだって聞いていたのに、うっかり屋台で食べすぎてお夕飯がほとんど入らないとか、スルトに言われるまでもなくおバカすぎる。

なんというかさ、宿《やど》でお夕飯が出るのをすっかり忘れていたんだよ……。でも、こういうのって、人に言われると腹が立つ。何か言い返してやりたいのに、いい言葉が思いつかなくて、プイッとそっぽを向いた。

「気付かなくてすまなかったな……」

しょんぼりと耳を申し訳なさげに垂らすアスラーダさんの様子は、アスタールさんとそっくり。

こういうのを見ると、兄弟《きょうだい》なんだなぁってしみじみと思ってしまう。でもね——

「えっと……屋台で食べすぎちゃったのは、リエラの自業自得《じごうじとく》なんで、そんな顔しないでください」

むしろ、そんな顔をさせちゃったっていうことに罪の意識を感じちゃう。

言いたいことはなんとなく、アスラーダさんにも通じたらしい。彼はそれ以上の謝罪を口にしなかったから、リエラとしては一安心。

ちなみに、リエラが食べきれなかったお夕飯は、スルトが大喜びで引き受けてくれた。

スルトって、工房に入ってから栄養状態が良くなったせいか、すごく背が伸びてきているんだよね。いわゆる成長期ってやつなのかな？

リエラも美味《おい》しいご飯を一口ずつは食べられたし、腹ペコにゃんこ《スルト》も満腹になったから、これはこれで良かったのかもしれない。

そうそう。この宿《やど》のもう一つの売りであるお風呂は、温度管理も完璧で素晴らしかった。

町の散策で、リエラの体は思った以上に冷えてしまっていたらしい。お湯に入った時の染み渡るような感覚に、思わず声が出ちゃったよ。これは……病《や》みつきになりそうだ。

翌朝は日が昇るのと同時に起き出して、次の宿泊地であるボーヴルの町へと向かう。

旅程《りょてい》は三人で相談して決めた。一日の移動は毎日、駅馬車が進むのと同じ距離だけ。駅馬車よりも早く進める馬で移動するんだから、もう少し先に行くこともできるけど、旅に慣れていないリエラがいるから、無理はしないっていうことになったんだよ。

それに、駅馬車が停まる町というのは、宿泊施設も充実しているらしい。

出発前は、そんなに気を遣わなくても大丈夫なのにと思っていた。だけど、実際に一日移動してみた今なら思う。

二人とも気遣ってくれてありがとう。リエラには、これ以上の移動は無理だった。

ところで、馬を操《あやつ》らなくてはいけないアスラーダさんやスルトと違って、ただ乗せてもらっているだけのリエラは割と暇《ひま》だ。

最初のうちは良かったんだよ。流れていく景色が新鮮に感じられたから。でも、景色をただ眺めているのにもすぐに飽《あ》きちゃったんだよね……。そこで、話し相手をしてくれていたアスラーダさんに聞いてみる。

「アスラーダさん、何か、リエラにもできそうなことってありませんか？」

普通なら、『黙って乗っていろ』って言うところなんだろう。でもそこで、その『できそうなこと』を考えてくれちゃうのがアスラーダさんだ。

「――そうだな。周りにいる生き物の気配は分かるか？」

言われて初めて、自分の周囲に存在する命の気配に気が付く。

今の今まで気にもしていなかったけれど、乗せてくれているお馬さん達や、アスラーダさんやスルトの気配だけじゃない。まだまだ雪が残る木立《こだち》の中にも、大量に存在している。

「……分かる、かもしれません」

「なら、その中からこちらに害意を向けそうなものの気配を探ることは？」

害意を向けそうな――つまり今はこちらに向いていなくても、害意があるものを選《よ》り分ければいいわけだ。じゃあ、そういった存在以外は気にしなければいい。

そう思うのと同時に、周囲から生物の気配が消えていく。残ったのは、遠く離れたところにあるいくつかの気配だけ。

「できました」

自分にこんなことができるなんて、思ってもみなかった。驚きつつも、離れたところに九つほど、害意のありそうな存在がいることを報告する。

「どれくらい離れている？」

「えっと……このまま、あと五分くらい進んだところ？　だと思います」

分かるわけがないって思った質問に、リエラの口からはやたらと具体的な時間が飛び出す。

スルトが驚いた顔をしたけど、むしろリエラ自身も驚きだよ⁉

リエラってば、なんでそんなことが分かるの？

「――盗賊だな」

「マジで⁉」

スルトだけでなくリエラも更に驚いた。まさか盗賊だったなんて……

「リエラ、害意のない存在はどれくらいいる？」

そう問いかけてくるアスラーダさん自身は、その答えを知っているらしい。

リエラの答えを待たずに、馬の脚を速めたのがその証拠だ。

「……四つ。害意のありそうな人達と、もうすぐ接触しそうです」

「スルト、いけるか？」

「当然！」

スルトの馬がグンとスピードを上げて走っていく。

リエラ達と違って、一人しか乗っていないから、こういう時に差が出るらしい。

「リエラは襲われる側の防御を頼む」

「……はい」

盗賊さんをやっつけるのは無理でも、襲われている人を守ることはできるはず。

リエラはスピードを上げる馬から落ちないように、ギュッと鞍《くら》にしがみつく。スルトが走っていった先からは、既《すで》に剣を打ち合わせる音が聞こえてきている。

目を閉じて、深呼吸を一つ。

３……２……１……今！

目を開けると真っ先に目に飛び込んできたのは、荷馬車の御者台《ぎょしゃだい》に押し入ろうとする襲撃者の姿。その周りでは荷馬車の護衛らしき人達が必死に応戦している。

振り上げられた剣が鈍《にぶ》い輝きを放ち、御者台《ぎょしゃだい》からひきつった悲鳴が上がる。

耳元で舌打ちが聞こえるのと同時に、アスラーダさんが小さく『風刃《ふうじん》』の呪文を唱えた。

アスラーダさんの放った風の刃《やいば》は、襲撃者の剣を持つ手に命中したらしい。血しぶきが飛び散り、襲撃者は御者台《ぎょしゃだい》から落ちて地面の上を転げまわる。

御者《ぎょしゃ》さんは――無事！

アスラーダさんの一手が間に合ったことにほっとしながら、リエラはこれ以上荷馬車が狙われないよう、その周りに小さな竜巻を作り出す。

あ、御者台《ぎょしゃだい》から落ちた襲撃者が竜巻に巻き上げられた。

竜巻に巻き込まれた人は、空高く打ち上げられて地面に落ちる。あんなに高いところから落ちたら、きっと無事ではすまないだろう。

リエラは生き物を傷つけるような魔法を使うことができないはず。それなのに、今の魔法が平気だったのは、不可抗力《ふかこうりょく》だったから？　何はともあれ、これで御者《ぎょしゃ》さんは安心だ。

リエラが竜巻を作り出している間にも、アスラーダさんは魔法で襲撃者達の無力化に勤《いそ》しんでいた。彼が剣でなく魔法に頼っているのは、リエラが近くで血を見ると意識を失ってしまうせいだ。

でも、既《すで》に半数以上の襲撃者が地に伏していて、残りは荷馬車の護衛さん達と斬り結んでいる。そっちもスルトが加勢したから大丈夫そうだ。

「そういえばリエラ達って、盗賊に襲われてないですよね？」

アスラーダさんにそう聞いたら、うま味が少ないからだと教えてくれた。仕入れ用のお金を持ち歩いている商人は狙われやすい。荷馬車に商品を山積みにしているのなら、更に狙われやすくなる。積み荷という足かせがあるから、逃げづらいのが理由だと聞かされて納得だ。

「師匠、終わったけど、このあとどうする？」

いつの間にか戦闘は終わったらしい。

荷馬車の護衛さん達が竜巻に畏怖《いふ》の視線を向けながら、襲撃者達を縛り上げていた。

「リエラ、魔法を解除してくれ」

竜巻を消すと、護衛の人達から安心したような声が上がる。

御者台《ぎょしゃだい》の上にいた人がいないと思ったら、御者《ぎょしゃ》さんは荷台の中で震えていたらしい。

「セドリアンさん、もう大丈夫です！」

護衛の人が声をかけると、御者《ぎょしゃ》さんは荷台から半泣きで這《は》い出してきた。

「ああ、良かった……！　もう、死ぬものだとばかり……」

御者《ぎょしゃ》のセドリアンさんは結構いい歳をしたおじさんだったけど、呼びかけた護衛の人にどれほど怖かったかをまくしたてている。リエラもあんな目にあったら、多分、同じ状態になると思う。だから、スルトみたいにその姿を笑う気にはなれなかった。

スルトはね、自分が戦えるようになったから、怖くなんかないって思えるんだよ。世の中の大半の人は、セドリアンさんみたいに戦うすべを持たない。襲われて怖いと思うことに、年齢は関係ないと思う。

荷馬車を牽《ひ》いていた馬は怪我をしていたけれど、持ち合わせの『高速治療薬』を使ってやると、すっかり元通りになった。

捕まえた盗賊九人を町に連れていけば、賞金がもらえるらしい。賞金には少し心惹《ひ》かれたけれど、彼等を連れて移動をするのは面倒だ。だからリエラ達は、盗賊の身柄をセドリアンさんに一任して、次の町へと向かった。

後日、セドリアンさんが孤児院を訪ねてきた時には驚いた。なんと彼は、エルドランの町で衣料品を扱っている人だったらしい。グレッグおじさん経由で、孤児院に格安で古着を売ってもらえることになったから、人助けはするものだなって思ったよ。情けは人のためならず、だ。

そんな事件がありつつも、次のボーヴルの町に着いたのは夕日が沈むよりも早い時間。リエラはお馬さんの健脚《けんきゃく》っぷりに驚きを隠せない。

翌日は盗賊に襲われることなく、無事にエルドランの町へと到着した。まさか、一週間かけて通った道程《みちのり》をわずか三日で逆行できるとは……。

お馬さんって、すごすぎる。

ほぼ一年ぶりに帰ってきた故郷には、まだ雪が残っていて、石畳からも寒さが沁《し》みてくる。

「悪いな、待たせた」

お馬さんを馬屋さんに返却したアスラーダさんは、リエラの頬《ほお》に触れると眉を寄せた。

「こんな寒いところで待っていなくてもいいだろうに」

「大丈夫ですよ。セリスさんの作ってくれたケープが、とっても暖かいですから」

そう言って笑うと、「風邪をひかれたら困る」と言って彼は顔をそむける。

アスラーダさんは心配性だ。クスクスと笑っていると、あとから戻ってきたスルトが寒そうにしながらも呆《あき》れ顔をしていた。

同じことを思っているに違いないと思ったのに、何故かリエラを残念な子を見るような目で見るんだよ。その挙句《あげく》に、ため息を吐《つ》いて肩を竦《すく》めるとか、一体どういうこと？

なんだか、すごく馬鹿にされた気分だ。

「うわー！　スルトのくせに生意気～!!」

そう言って、プーッと頬《ほお》を膨《ふく》らませると、即座に抗議の言葉が返ってくる。

「スルトのくせにって、なんだよ」

予想外だったのは、膨《ふく》らませた頬《ほお》をアスラーダさんにつつかれたこと。

「ふお!?　ア、アスラーダさん？　突然、何を……！」

驚きのあまり、言葉に詰まる。

そんなリエラの姿に、スルトはププッと噴き出すと、さっさと背中を向けて歩き出した。

「それより、早く行こうぜ？」

「そうだな」

リエラを無視する二人の態度に怒るふりをすると、アスラーダさんは笑いながら謝罪する。

まあ、二人とも、リエラが怒ったふりをしているだけなのは承知の上か。

向かう先はもちろん、リエラとスルトが育った孤児院だ。里帰りの予定が決まった時、着くのは今日あたりだろうと手紙で連絡はしてある。だから、突然の訪問にはならないはずだけれど……

みんな、元気にしているかな？

リエラは、久々の再会にドキドキしながら二人のあとを追いかけた。

久しぶりに帰ってきた孤児院は、相変わらず屋根はツギハギだらけで、壁にはあちこちヒビが入っている。安定のおんぼろ加減で、逆にほっとした。

「あ～！」

「リエラちゃんとスルトだ!!」

「来たよ～！　シスター!!」

着いたのはちょうど、学校から帰ってきた子達がチビ達を庭で遊ばせている時間帯だ。

目敏《めざと》い子が声を上げると、リエラ達はあっという間にみんなに囲まれる。

くっついて離れようとしない子供達は、記憶にあるよりも少し肉付きがいい。それでも、相変わらずツギハギだらけで裾《すそ》の擦《す》り切れた服を着ているから、リエラやスルトの小綺麗な服を見て驚きの声を上げている。

「まぁまぁ、皆さん。リエラさん達は寒い中を来たんですから、いつまでもそんなところで引きとめてはいけませんよ」

シスター達がやってきたのは、子供達の興奮が少し収まった頃合いだ。

尚《なお》もしがみつこうとする子供達を優しく窘《たしな》めると、シスター・マーサはアスラーダさんに向かって深く頭を下げる。

「リエラさん達がお世話になっております」

「こちらこそ、色々と助かっています」

互いに頭を下げ合うと、彼女はリエラ達にも笑顔を向けてくれた。

「あなた達の元気な顔が見られて嬉しいわ」

そう言って広げられた腕の中に、リエラとスルトはそっと包まれる。

「リエラさんも、スルトさんも、お帰りなさい」

「お母さん、ただいま」

「――ただいま」

温かくて懐かしいその感触に、『帰ってきた』という実感が湧《わ》いてきた。

シスター・マーサの次にリエラを抱擁《ほうよう》してくれたのは、シスター・フェリシアだ。

「元気そうで安心したわ」

「元気そうだけど、リエラはあんまり育ってないよね？　スルト君は大きくなったのに」

なんだかひどいことを言うのはシスター・バニー。

「あ、でも髪の毛が随分《ずいぶん》と綺麗になってる！」

シスター・カルタのその言葉はちょっと嬉しい。

ひとしきり旧交を温めたところで、シスター・マーサが言う。

「皆さん。外は寒いですから、そろそろ中に入りましょうか」

その言葉に喜んで中に入ると、なんとも懐かしい埃《ほこり》っぽい匂いが鼻をくすぐる。

経費節減のために灯《あか》りを消した薄暗い廊下を進み、お客さん用の部屋に通された。

貧乏な孤児院ではあるけど、この部屋には古びたテーブルセットが置かれているし、他の部屋よりも隙間風《すきまかぜ》が少ない。暖炉《だんろ》にはいつもは入っていないであろう火も焚《た》かれていて、それを見たリエラはなんだか申し訳ない気持ちになった。薪《まき》だって、結構馬鹿にならないお値段がするんだよ。

流石《さすが》に火を入れたばかりみたいで部屋は暖まってはいなかったけれど、歓迎してくれる気持ちがすごく嬉しい。申し訳ないけど嬉しいって、複雑な気分だよね。

お茶を淹《い》れに行くシスターを見送ると、『賢者の石』の中からお土産《みやげ》を取り出して部屋の奥に並べていく。この、荷物を入れるために作った『賢者の石』のことは、こっそり『しまう君』と命名していた。

ひょんなことから形を変えられることが分かったので、腕輪の形にして右手に嵌《は》めてある。この形だと邪魔にならないし、失くす心配もないから安心なんだよね。

中に入れたものは取り出すまで時間が止まった状態になるから、食べ物だと温かいまま出し入れができるしすごく便利だ。迷宮に行く時にお弁当を入れるようになってから、お昼ご飯が楽しみになったのはここだけの話だよ。

元々は、薬草や魔法薬の在庫を入れるために作ったんだけど……。今回はお土産《みやげ》に用意した衣類がかさばるから、これに入れてきた。

身軽な格好でこんなにたくさん持ち運べるなんて、なんて素晴らしいんだろう。山のようなお土産《みやげ》を前に悦《えつ》に入《い》っていたら、スルトに呆《あき》れられた。

「お前さ……。いくらなんでも、これは不自然だろ？」

「……そんなこと言っても、もう出しちゃったよ」

「『もう出しちゃった』じゃないだろ」

「でも、みんなの分を揃《そろ》えようと思ったら……ねぇ？」

お茶を淹《い》れて戻ってきたシスターが、忽然《こつぜん》と現れた大量のお土産《みやげ》にビックリして叫ぶのは、それから五分後のこと。

もちろん子供達は、シスターの驚きの声を聞いてやってきた。そのおかげで、孤児院がハチの巣をつついたかのような大騒ぎになったのはお約束通りだろう。

ついさっきまで、ニコニコ顔の子供達が口々にお礼を言いながら、応接室からお土産《みやげ》を運び出していた。今は、食堂で中身を確認しているらしく、嬉しそうな声が応接室まで響いてくる。

「リエラさんも、スルトさんも、本当に元気そうですね」

院長先生が嬉しそうに微笑《ほほえ》みながらそう言った。

それをきっかけに、リエラもスルトも先を争うようにして、孤児院を出てからのことを話し始める。

話が途切《とぎ》れたのは、シスターの一人が夕飯の時間を告げに来た時だ。もうそんな時間なのかと驚いた。いつの間にか、外は薄暗くなっている。

「あなた達も、一緒にどうぞ」

そのお言葉に甘えさせてもらうことにして、リエラ達は食堂に向かう。

隙間風《すきまかぜ》はあるものの、食堂には六十人余りの子供達がいるからか、それほど寒くはないみたい。既《すで》に全員が揃《そろ》って、用意された食事の前でお行儀よく待っている。

そういえば、こんなに大人数で食事をするのは久しぶりだ。工房にいるのは、炎麗ちゃんを除けばリエラを入れて八人だから、少ないわけではないんだろうけれど、この人数と比べちゃうとねぇ……？

アスラーダさんはお客さんとしてシスター達と一緒の席に着く。スルトとリエラは、それぞれ昔の仲間と同じ席に腰かけた。

以前は一人一枚だったパンは、四人ごとに一つのカゴに山盛りにされていて、それぞれが好きに取って食べていいらしい。

変わったのはパンだけではない。個別のお皿には酢漬けの野菜と一緒に、薄切りのお肉まで載っていて、リエラがいた時より豪華だ。よく見ると、スープの具も増えている。これ一緒のテーブルを囲むメンバーによれば、最近の食事は割とこんな感じらしい。これが仕送りの成果かと思うと、少し嬉しくなる。

食事の前のお祈りが終わると、男の子達は我先にとパンに手を伸ばす。女の子達の方は、男の子達と比べると落ち着いた雰囲気だ。近況を報告し合いながらの、和《なご》やかな時が流れる。

その雰囲気が一変したのは、小人族《こびとぞく》のミリーの好奇心に満ちた発言がきっかけだった。

「ねーねー、リエラちゃん。一緒に来た男の人って誰⁇」

彼女の口から真っ先に出てきた質問がそれで、リエラは思わず苦笑する。

「リエラの仕事先の人だよ」

「えー⁉」

「仕事先の人ってだけで、ここまで送ってくれるかな？」

「ないない」

「ないよ、リエラちゃん！」

この子達はもう……

「アスラーダさんは、面倒見がすごくいい『お父さん』だから」

「「え！　もう子供がいるの⁉」」

「子供？」

向こうの席で、スルトがスープを噴き出すのが見えた。

食べ物を粗末にするのはダメだよ、スルト。あとでお仕置きだと、心の中でメモを取る。

「子供……はいないけど、炎麗ちゃんが子供みたいなものかな？」

「炎麗ちゃん？」

「肩の上にいる小竜だよ」

「人じゃないし！」

「ペットじゃないの？」

「竜人族の子供だって話だから、大きくなったら人型になるみたいよ？」

そんな話をしながら、久しぶりに会ったみんなとの旧交を温めた。


食事が終わると、もう外はすっかり暗くなってしまっていた。

片付けを手伝おうと腰を上げたところで、そう声をかけてきたのはシスター・バニーだ。

「リエラ達はしばらくこの町に滞在するんでしょ？」

「あ、はい」

「アスラーダさんとも相談したんだけど、滞在中はここに泊まりなさいな」

実はリエラとしても、孤児院の近くにいたいと思っていたから、このお誘いは嬉しい。

「それじゃあ、滞在中はあちこち修繕《しゅうぜん》しちゃいますね！」

「よーし、任せた！」

ここの建物は、あちこち隙間《すきま》だらけだ。

それを塞《ふさ》いで回るだけでも、大分《だいぶ》マシになるだろう。まあ、明日は久しぶりに基礎学校に行くことになっているから、その前後の時間にやることになるけれど。

この一年近く静かな部屋で生活していたからだろう。年長の子達の部屋に交ぜてもらったリエラは、その隙間風《すきまかぜ》の音に悩まされた。

隙間風《すきまかぜ》って、寒いだけじゃなくってうるさかったんだなぁ……忘れていたよ。ああ、そうだ。修繕《しゅうぜん》をして回るついでに、孤児院中に『洗浄』の魔法もかけて回ろう……。

なかなか眠れない中、そんな予定を立てていると、やっと眠気がやってくる。

とりあえず、明日は帰ってきたら修繕《しゅうぜん》だ。ぐっすりと眠るために！


翌日は、同室の子達が身支度を始める音で目が覚めた。リエラも手早く身支度をして、みんなと一緒に歯ブラシを持って水場に向かう。ここでは、工房にいる時みたいに一人で使える場所なんてほとんどない。せいぜいトイレくらい？

だから、当然水場も順番待ちになる。水場と言っても、壁沿いに作り付けになった石造りの水槽のことで、井戸があるわけではない。リエラが来るよりも前は、川から水を汲《く》んできていたんだって。今は、毎朝一番に、魔法具から給水されたものを柄杓《ひしゃく》で掬《すく》って使うようになっている。

実は、孤児院を出た頃は、魔法具って一日に一度しか使えないものだと思っていた。でも本当は、一リットルでも百リットルでも、魔力石の消耗《しょうもう》度合いは変わらない。孤児院で一日に一度しか水の魔法具を使わないのは、単純に予算の都合だったみたいだ。

「あーあ」

「水場はいっぱいね。出遅れちゃったわ」

ミリーが大げさな声を上げ、ダリアがため息交じりに嘆《なげ》く。まあ、ここにいた頃によく見た光景だ。それに続く、エリザのこれも――

「はわわ……わた、わたしがぐずぐずしてたから――」

「いやいや、エリザのせいじゃないでしょ」

「そうそう。今日はリエラが寝坊したせいじゃん」

「う。それは申し訳ない」

旅の疲れがあった上に、寝つきも悪かったんだよね。

みんなには迷惑をかけてしまって、申し訳ない。

「お前ら、またやってんの？」

「あらスルト、おはよう。『また』とは人聞きが悪いわね」

呆《あき》れ顔で後ろに並ぶスルトに、ダリアがムッとした表情で抗議する。この姿を見るのも久しぶりだ。

なんだか可笑《おか》しくなっていたら、ミリーとエリザも同じ気持ちらしく、クスクス笑っている。

「あ、アスラーダさん、おはようございます」

「ああ、おはよう」

スルトの後ろにいたアスラーダさんに挨拶《あいさつ》すると、エリザ達も頭を下げた。

昨日はたまたま一つ空いていた、シスター用の部屋に泊まっていたはずだけど、ちゃんと眠れたかな？

ひとまず顔色を見る限り、普段と変わりはなさそうで、リエラは少しほっとした。

「今日は、斡旋所《あっせんじょ》のあとに学校だったか」

「はい。リエラが卒業した基礎学校に行く予定ですね」

歯磨《はみが》きの順番を待ちながら、今日の予定の確認。

アスラーダさんは、学校に行ったあとすぐに次の町へ出発する。だから、斡旋所《あっせんじょ》が開くと同時に求人手続きをして、そのあとリエラと一緒に学校へ行くんだよね。

「リエラちゃん、学校にも行くの？」

「うん。工房で、来年度もお弟子さんを取るからね」

「わ、いいね。リエラちゃんの工房って、待遇《たいぐう》良さそうだし。あたしも入れないかなー?」

そう言いながらミリーは、期待に満ちた目でアスラーダさんを見上げる。

「応募だけならいくらでもできるが、採用されるのにはいくつか条件があるな」

「はうぅ……。そうですよねぇ」

その返事にしょんぼりと肩を落としたのは、リエラとも仲の良かったエリザだ。

他の二人は特に気にした風もなく、アスラーダさんを質問攻めにしている。彼が丁寧に答えているのを聞きながら、この子達を採用する可能性について考えてみることにした。

今度、基礎学校を卒業するのは全部で五人。男の子二人に女の子が三人だ。

基礎学校を卒業すると、それぞれが斡旋所《あっせんじょ》に行って仕事先か弟子入り先を探すという流れは、リエラの時と変わらない。

そして正直なところ、孤児院出身の子供に対する門戸《もんこ》は狭い。きちんとした後ろ盾《うしろだて》と呼べるものがないのが、その原因みたいだ。悔しいことに、学校で言われた適性とかは関係ないんだよ。

だからこそ、アスタールさんに出会えたのはとても幸運な出来事だった。今となっては正直、あの出会いがなかったら、希望の仕事に就《つ》けていた自信はない。

ところで、女の子達からは昨日の夜に卒業後の希望を聞いてある。男の子達の希望は、あとでスルトに確認しなくちゃね。

ちなみに、リエラ的に工房に連れていけそうな有望株は、エリザだ。

二角族《にかくぞく》で、濃い目の茶髪に、若草色のたれ目がチャームポイント。おっとりというか、ちょっとオドオドしたところがある。

背が高くて、リエラと一緒にいると見た目ではどっちが年上だか分からない。

本人はすっかり諦《あきら》めた様子だけど、確か、魔力は平均より上だったはずだ。そうでなくとも、魔力の条件にはきちんと当てはまっている。あとは、属性さえ条件に合えば……。

工房に連れていけないことが確定しているのは、ダリア。

リエラと同じ丸耳族《まるみみぞく》で、明るめの茶髪にハシバミ色のつり目。ちょっとキツそうに見える子だ。

背は高すぎず、低すぎず。……それでもリエラよりは長身だ。キツそうな見た目に似合わず――って言ったら悪いけど、面倒見が良くて頼れるお姉さん系。卒業後は、シスターになるらしい。是非《ぜひ》とも頑張ってほしい。

誘えば来るかもしれないのが、ミリー。

小人族で、オレンジ色の髪に黄色い目。活発そうな印象の子で、リエラよりもほんの少しだけ背が低い。大事なことだから、もう一度言おう。小人族で、リエラよりもほんの少しだけ背が低い……

この子はあちこちを旅して歩くのが夢で、探索者になる予定だそうだ。だから、スルトの後輩的な感じで入ってくる可能性はあるかも。

結論として、リエラが誘えそうなのはエリザとミリーの二人ってことになる。

本人達の意向も関わってくることだから、どうなるかは分からないけど……

朝食が終わって子供達が学校に行くと、途端《とたん》に孤児院の中が広くなったような気がした。

入学前の幼い子供達《チビーズ》が運んでくれた食器をひとまとめにして、『洗浄』をかける。魔法で綺麗になった食器を確認すると、シスター達が歓喜の声を上げた。

「魔法ってすごいのねー」

「これは……魔法具を買うために積立《つみたて》貯金するべき？」

「リエラちゃん、まじにゃんこ！」

「にゃんこなんて、そんな大層なもんじゃないですよー」

にゃんこっていうのは、猫神様の御使《みつか》いである猫さんのことだ。猫さんや猫耳族や猫《ねこ》人族《びとぞく》を迫害すると猫神様が怒って天変地異が起きるって言われている。だから、どこの町でも猫さんは『にゃんこ様』と呼ばれて大事にされているんだけど……

シスター・カルタは何かというと、すぐにゃんこって言うんだよね。彼女の中では、にゃんこ＝素晴らしい子という意味になっているらしい。

シスター・アリスはただただ素直に感心しているし、シスター・バニーは『洗浄』の魔法具を買うかどうかで悩んでいる。リエラがいた時と全然変わっていないその様子に、自然と頬《ほお》が緩《ゆる》む。懐かしいお家に帰ってきたんだなーって、実感するよ。

「次は、各部屋の掃除と建物の補修だったか？」

アスラーダさんがお皿を仕舞うのを手伝いながら聞いてくる。リエラが頷《うなず》くと、シスター達が感極《かんきわ》まって再び歓喜の声を上げた。

「「「リエラちゃん、まじにゃんこ!!」」」

他のシスター達にも、伝染《うつ》ってる!?

職業斡旋所《あっせんじょ》が開く時間になるまでの間は、各部屋を『洗浄』で綺麗にして、雨漏りや隙間風《すきまかぜ》が入ってくる場所を塞《ふさ》いで歩く。

今使っている部屋だけでも、子供達の部屋が男女それぞれ五部屋ずつ。それからシスターと乳幼児達の部屋に、院長先生の部屋。あとは事務作業をする部屋と、食堂に洗濯小屋にトイレと、なんのかんので二十部屋近い。なかなか骨の折れる作業だね。使っていない部屋も含めたら、倍近くになってしまう。

アスラーダさんと手分けしてやったものの、終わったのは食堂と、乳幼児達の部屋のみ。乳幼児達の部屋には風邪ひきさんもいたから、念入りにやっておいた。残った部屋の『洗浄』と修繕《しゅうぜん》は、今日の予定を消化して帰ってきてからやることにしよう。

ああ、修繕《しゅうぜん》の前に、風邪ひきさんにお薬を作るのも忘れないようにしないと。

孤児院を出て、アスラーダさんと二人手を繋《つな》いで斡旋所《あっせんじょ》に向かう。その途中、ふと思いついて、今回の求人内容の確認をしてみる。

「そういえば、斡旋所《あっせんじょ》にはどんな内容で求人を出す予定ですか？」

「今回の条件は、未経験者優遇で、成果によって昇給あり。年齢は十二歳から十五歳まで。住み込みのみ。希望者は斡旋所《あっせんじょ》にて適性試験あり、だな」

「普通は経験者優遇なのに、ウチは違うんですね」

並べ立てられた条件に、思わず呟《つぶや》く。

リエラの時は、経験者であることが条件になっているものが多かった。だから、応募できそうな先がなくって、肩を落としたんだよね。

「ウチの場合は、下手な経験はむしろ邪魔になるだろう？」

「それは、確かに」

……って、ついつい同意しちゃったけど、よその工房で必要とされる技術がどんなものなのか自体を知らないかも。

「給料は、衣食住の分を除いた基本給が八万ミル」

「ふむふむ、リエラと一緒ですね」

「二つ以上の属性がある者は、属性手当が一つにつき、二十万ミルずつ追加」

「なんですかそれ!?」

聞き覚えのない手当に思わず大きな声が出た。

だって、金額が、金額が……!!

「それ、リエラはもらってないですよ!!」

「今回の求人から付けることにしたんだ」

「えー……」

ニヤニヤしながら言うアスラーダさんに、リエラは口を尖《とが》らせる。

なんか、ずるい！　不公平だよ。

「安心しろ。お前にも、さかのぼって手当を支払う予定だ」

「本当ですか⁉」

「嘘を言ってどうする」

なーんだ、拗《す》ねて損した。

きちんと手当がもらえると聞いて機嫌が直るんだから、リエラも単純だよね。ニコニコ笑顔で、繋《つな》いだ方の手を勢いよく振る。

「いっくら増えるのかな〜♪」

「二つ目からだから、月に六十万ミル追加だな」

「六十万……！」

毎月のお給料がそんなに増えるなら、独立できる頃にはそれなりの資金が貯まりそう。そりゃあ機嫌も良くなるよ。まぁ、まだまだ独立できるとは思えないんだけど。学ぶことも、たーくさんあるからね！

「ところで、適性試験ってなんですか？」

「有料サービスになるんだが――」

錬金術師のような特殊な職業の場合、適性を見るための試験が必須なことも多いとか。本来なら応募先の職場で受けるんだけど、斡旋所《あっせんじょ》は領都にしかないから、遠方からの求人も結構ある。だから別途料金を払えば、斡旋所《あっせんじょ》で試験を代行してくれるらしい。利用者の労力を減らすために始めたサービスなんだって。確かに、せっかく遠くまで出向いたのに、適性試験で落とされたら辛すぎる……

「でも、適性試験に通ったからと言って、即採用ってわけじゃないんですよね？」

「そうだな。最終的には、グラムナードまで出向いて面接を受けてもらうことになるな」

「結局、労力はかかりませんか？」

「最低限の能力があるかどうかを調べるだけでも大違いだろう？　それに、適性試験を通った時点で最低賃金《ちんぎん》が月二十八万だ。面接に落ちた場合も一ヶ月分は支払うから、来るやつはいるだろう」

「ああ……。二属性以上かどうかで篩《ふる》い分けるんですね」

「属性の組み合わせもあらかじめ指定した上で、な」

お給料だけが目当てで適性のない人に来られても、確かに困っちゃうよね。

でも、やっぱり気になるんだけど——

「属性の組み合わせも指定した上でだと、人数が限られちゃいそうですよね？」

「ああ。十人も応募があれば御《おん》の字だな。実際は一人か二人になるだろう」

斡旋所《あっせんじょ》を使っての求人も、なかなか大変だ。募集の手続きをするアスラーダさんを見守りながらそう思う。そこまでして人を集める理由が何かあるのかな？

結局、求人の内容は職員さんに言われていくつか変更した。変更点のすり合わせに時間がかかったから、アスラーダさんの出発する時間が遅くなりそうで少し心配だ。

変更点は二つ。

まず変更してほしいと言われたのは、募集年齢だ。募集したい人材の年齢は十二歳から十五歳まで。だけど、もっと上の年齢の人からの問い合わせがありそうなんだって。気軽に問い合わせできる距離じゃないから、もう少し幅を広げてほしいと言われたんだよ。

そこで追加した条件は、『十五歳以上の応募も可。ただし魔力値は最低二百以上』。

魔力値を最低二百にしたのは、『高速治療薬』なら約三リットル、『魔力回復促進剤《そくしん》』だったら約二リットル作れるから。その代わり、魔力が一でも足りなかったら、その時点で不採用だ。譲歩し出したらキリがないからね。

魔法を多少なりとも使える人なら、魔力が二百というのは珍しくないそうだ。ただ、属性による選別も入るからねぇ……。

魔力値のチェックは、問い合わせがあった時にだけ対応してもらうことにした。チェック方法は本人には秘密で、属性チェックと併《あわ》せてやってもらう。

「魔力を数値化する魔導具なんてものもあるんですねぇ……」

アスラーダさんから預かった魔導具を見て、対応してくれたおじさんが呟《つぶや》いていた。

リエラもグラムナードに行くまでは、そんなものがあるなんて知らなかったな。と思いながら、首に着けた識別球《しきべつきゅう》付きのチョーカーに触れる。この識別球は身分証明書代わりになるアイテムで、これを応用したような魔導具だけど、アスタールさんはなんで前回は持ってこなかったんだろうね？

もう一つの変更点は、補足説明の追加。

何せ、上司になる予定なのが、来年やっと十三歳になるリエラだ。そのことを明記した方がいいと助言されたので追加した。最初の募集年齢ならあまり問題なかったけど、リエラよりずっと年上の人が来る可能性が出てきてしまったから必要になった説明だ。

何はともあれ、無事に手続きが終わり、斡旋所《あっせんじょ》を出て次の目的地へと向かう。

基礎学校に着いて紹介状を渡すと、事務員さんが校長室へ案内してくれた。明るくて大きな部屋に、立派な応接セットが置かれている。ついつい、孤児院の応接室と比較して、悲しい気持ちになったのはナイショだ。

そもそもが、比べちゃいけないよね……。

事務員さんに続いて中に入ると、校長先生は奥の大きな執務机で書類仕事をしていた。

彼は仕事を中断して立ち上がり、アスラーダさんとリエラを迎える。

椅子を勧《すす》められて腰かけたら、在学中に良くしてくれていた事務員のサラさんがお茶を持ってきてくれる。彼女はリエラに向かってウィンクを一つすると、すました顔で部屋を出ていった。彼女がリエラのことをきちんと覚えてくれていたのが、なんだか嬉しい。

進路指導の先生が来るまでの間、アスラーダさん達は世間話のようなものをして過ごす。

校長先生は、工房のことを持ち上げて彼にゴマをすろうとする。でも思ったような反応が引き出せなくて、困っているみたいだ。多分、アスラーダさんはゴマすり話を聞いていないんじゃないかと思う。彼って、おべんちゃら言う人が嫌いみたいだし。

気のない返事しか返ってこなくて話題に困った校長先生が、不意にこっちを向く。

あ、ちょっと嫌な予感。

「時に、そこのリエラ君もウチの生徒でしたな。孤児院出身であるにもかかわらず、高名なグラムナード錬金術工房でご満足いただけるほどに才を伸ばすことができたのも、我が校あってのこと。彼女の後輩にも是非《ぜひ》ご期待いただきたい」

校長先生がそう言った途端《とたん》、部屋の温度がスーッと下がった。

怒ってる！　アスラーダさん、めっちゃ怒ってるよ!!

教育理念がこうだの卒業生がどうだのと、得々と話し始めた校長先生はそれに気付かない。不自然に見えないようにアスラーダさんの方を窺《うかが》うと、彼は冷たい目で校長先生を眺めている。

リエラだったら、視線だけで凍《こお》っちゃいそうだよ。校長先生、なんで気付かないの？　孤児院出身だなんてどうでもいいことも、なんでわざわざ言っちゃうかな……。

そのあとも、うちの学校すごいです！　ってアピールしている校長先生だけど……それ全部、逆効果だよ。なんだかアスラーダさんを中心に、冷気が部屋の中に広がっていってるし、そろそろ黙って……！

リエラの心の叫びが聞こえたのか、調子よく喋《しゃべ》っていた校長先生が、不意に黙り込む。場の空気がすっかり凍《こお》りついていることに気が付いたんだろう。大量の汗を拭《ぬぐ》いながら、「なんだか蒸しますなー」と誤魔化《ごまか》すように呟《つぶや》いた。むしろ、寒いよ。物理的にも、精神的にも。

部屋の温度を下げ続けているアスラーダさんは、黙ったままお茶のカップを傾ける。

リエラは居心地が悪すぎて、思わず小さくなった。

この緊張感に耐えられなくなってきた頃、部屋にノックの音が響く。一拍置いて、入室の挨拶《あいさつ》と共に入ってきたのは、進路指導のネリー先生だ……！

ああ、女神様……!!

「おお、資料の用意ができたようですな」

校長先生はほっとしたように、そう言って立ち上がる。まぁ実際に空気が緩《ゆる》んだから、リエラも胸を撫《な》で下ろした。

リエラ達は立ち上がると、ネリー先生のあとについて資料室に向かう。校長先生は部屋に残った。あからさまに安堵《あんど》していたけど、あれは、自分の発言が原因だからね？　少し、話す内容を考えた方がいいんじゃないかな。

ネリー先生はアスラーダさんの不機嫌そうな様子を見て、どうしたのかと視線で問いかけてきた。リエラが無言で校長室を見て肩を竦《すく》めると、納得したように空を仰《あお》ぐ。この反応からすると、どうもよくあることらしい。

「どうぞお入りください」

通されたのは、リエラも何度か入ったことのある進路指導室だ。校長室に比べて随分《ずいぶん》と簡素な部屋の、奥の扉をくぐると、書類棚がいくつも置かれている。

中には年度ごとに分かれて、赤と青の分厚《ぶあつ》いファイルがたくさん並んでいた。色が違うのは、男女別に綴《つづ》っているからみたい。棚の手前にある簡素な机には、筆記用具が用意されていた。

「エルドラン北校の今年度の卒業予定者はこちらです」

その言葉と共に渡されたファイルを開くと、新しいインクのにおいが鼻をくすぐる。

ファイルの中身は、生徒の名前と種族から始まって、家族構成や担当教師から見た人物評などの情報が綴《つづ》られていた。細やかな事柄まで書かれているから、きちんと読もうとすると一日では足りないかもしれない。

机の下にある丸椅子を勧《すす》められて腰かけ、ざっと流し読みしたアスラーダさんが先生に視線を向ける。流石《さすが》に気持ちを切り替えたのか、校長室から出た時みたいにトゲトゲした雰囲気じゃなくなっていた。

リエラのために怒ってくれたんだろうけど、さっきは怖すぎだったよ。いつもの彼の方が、リエラは好きだ。

「まず、敬語は必要ないから普通に話してほしい」

「この口調は癖《くせ》なのでご容赦を」

そう言ってネリー先生は目礼《もくれい》する。

「――仕方がないか。では最初に、卒業予定者の中で魔法の能力が高く、実直で秘密を守れそうな者を知りたい」

アスラーダさんは肩を竦《すく》めると、最初の質問をした。

ネリー先生はしばらく考え込んでから、残念そうに首を横に振る。

「残念ながら、今年度は魔法の能力の高い生徒は三名だけで、進路も決まっています。条件によっては進路変更の可能性はあると思いますが、いずれもお調子者で口が軽いので、機密事項を含む職務には不適任だと思います」

「なるほど」

アスラーダさんは相槌《あいづち》を打ちながら、リエラを横目で見る。意見が欲しいみたいだから、頷《うなず》き返してから自分の考えを口にした。

「ネリー先生の判断なら信頼できると思います」

「あら、私だって判断を間違うことはあるんですよ？　リエラさん」

リエラの言葉に、ネリー先生はいたずらっぽく片眉を上げてから、艶然《えんぜん》と微笑《ほほえ》む。

ああ、リエラの『お姉様』と呼びたい病がうずく……！

アスラーダさんはというと、今のやりとりで何か納得したらしい。

「なら、信頼のおける者で、魔法の能力が平均よりは高めな者は？」

「それでしたら、エリザさんを推《お》させていただきます」

「理由を聞いても？」

「はい。魔術学院へ進学するには力不足ですが、伸びしろがありそうです。リエラさんほどではありませんが、器用で理解力も高く、何より家族がいません」

さっきの校長先生の発言を思い出したんだろう。アスラーダさんの片眉が、不機嫌そうに跳ねる。でも、それも続きを聞くまでだ。

「ですので、遠方で住み込みの仕事をするのも問題ないでしょう。付け加えるなら、リエラさんとの信頼関係が既《すで》に構築されているのも推《お》す理由の一つです」

ネリー先生は、孤児かどうかで差別する人じゃないからね。

そういったことを口にする時は、それなりの理由があるのです。

「では、彼女にグラムナード錬金術工房への弟子入りを打診しておいてほしい」

アスラーダさんは納得した様子でそう言うと、ファイルを閉じて立ち上がる。

それから、ネリー先生に握手を求めて手を差し出す。握手を交わした二人は、何故か揃《そろ》ってリエラの方を向く。

「お前の母校の教師が、あの校長みたいなのばかりじゃなくて安心した」

「リエラさん、職場でいい信頼関係を築いているようですね」

どうやら、ネリー先生はアスラーダさんのお眼鏡《めがね》に適《かな》ったようだ。

尊敬する先生が認められるのは、純粋に嬉しい。

「皆さん、すごく可愛がってくれるんですよ。リエラには過ぎた職場です」

リエラは、ネリー先生に胸を張ってそう答えた。

エルドランの町での用事を済ませると、アスラーダさんは他の町へと旅立っていった。

彼を見送ったあと、リエラはスルトを連れて買い物に行く。

「一体、何しに行くんだよ？」

そう言いながらスルトは、背中を丸めて腕をこする。

焼け石に水な行動だとは思うけど、寒いとついついやっちゃうよね。

「風邪薬の材料が必要でしょ」

「あー……仕方ねぇなー」

寒いのが苦手なスルトをあまり長い間連れ回すのも可哀想《かわいそう》だ。リエラは、大急ぎで必要な材料を調達して孤児院に戻る。

「お帰り、二人とも」

「ただいま、シスター・カルタ。アネットちゃんの様子はどうですか？」

戻ってすぐに顔を合わせたのは、慌てた様子で水の入ったたらいを抱えたシスター・カルタだ。

「熱が上がっちゃってねぇ……まずいかも」

いつもは陽気なシスター・カルタが、珍しく弱気な表情を浮かべる。

慌てて戻っていく彼女を見送ると、リエラは昨日泊まった部屋へと急いで向かった。

調合に使えるような部屋はないから、そこで作業をするしかないんだよ。

アネットちゃんは、狐耳族《こじぞく》の女の子で、まだ二歳。リエラが弟子入りしたあとに、親を亡くして孤児院に入ってきた三つ子のうちの一人らしい。

朝の時点で熱を出していたのはその子だけだけど、同じ部屋で寝起きしている子達に伝染することもある。油断は禁物だよね。

まずは、熱が上がってしまったアネットちゃんに解熱剤《げねつざい》を処方しよう。高熱が続くと、体力を消耗《しょうもう》するから、小さな子には特に致命的だ。

「なあ、オレに手伝えることってなんかあるか？」

「特には――」

落ち着かない様子でドアの外から覗《のぞ》き込むスルトにそう返しかけて、言葉を飲み込む。

スルトもあのくらいの年齢の子が、風邪で簡単に死んでしまうのを何度も見ている。

自分にもやれることがあるなら――って思うのは当然だよね。

「ちょっと待って。今、氷を作るよ」

リエラは『しまう君』の中から空《から》の小樽《こだる》を引っ張り出して、その中に魔法で氷を作る。

それから「これを持っていってあげて」と言ってスルトに押しつけた。

ただの水で冷やすより、ずっと効果的なはずだ。さっき、シスターに作ってあげれば良かったのに、なんで気付かなかったんだろう？

「じゃあ、すぐ置いてくる！」

スルトがいなくなると、リエラはドアを閉めて解熱剤《げねつざい》の調合を始める。

材料は、大胡草《たいこそう》の根っこと袋草の種、それから甘味草の葉っぱ。本来のレシピでは、甘味草は必要ないんだけど……。このお薬って、ものすごく苦いんだよね。

甘味草は、苦さを甘みに変える薬草だ。これを入れないと、とてもじゃないけれど子供に飲ませることはできない。材料は全部、すり鉢《ばち》で粉末状にすればいい。必要な分だけ放り込んで、ゴリゴリすり潰《つぶ》す。あとは、煎《せん》じて抽出液《ちゅうしゅつえき》をろ過すれば、解熱剤《げねつざい》の完成だ。

工程的には慣れたものだし、たくさん作る必要もない。三十分足らずで解熱剤《げねつざい》を作り上げると、大急ぎで乳幼児の部屋に届けに向かう。

「スルトは、そこで何してんの？」

氷を届けに行ったきり戻ってこなかったスルトが、部屋の前でうろうろしている。気になるのも分かるけれど、まるで不審者だ。

「なんか、たまに叫び声がするんだよ……。気になってさ……」

その言葉が終わるか終わらないかというところで、中から叫び声が上がる。

「――ほら、また」

「……確かにまずそうだね」

普通は風邪で、あんな叫び声を上げたりしない。別の病気だと思うべきだろう。気を落ち着けるために一度大きく深呼吸すると、リエラはドアを開けた。

「シスター、解熱剤《げねつざい》を持ってきました」

「リエラ……」

ベッドの脇で看病していたシスター・カルタが振り返り、泣きそうな顔でリエラの名を呼ぶ。

もう、どうしていいか分からないと、その表情が雄弁《ゆうべん》に物語っていた。

シスターの背後で小さな手が宙を掻《か》き、また、ひきつった叫び声が上がる。

これは、早くなんとかしないと……！

「スルト、シスターを外に！」

リエラの指示を受けて、スルトが少し強引に、シスター・カルタを部屋から連れ出す。

その横を通り抜けて部屋に入ったリエラは、荒い息を吐くアネットちゃんの状態を確認した。

――尋常じゃないくらいに、体が熱い。目はうつろだし、呼吸のたびになんだか妙な音が聞こえてくる。間違いなく、これは風邪じゃないよね。

口がパクパクしているのは、多分、息が苦しいからだろう。まずは、上体を起こして背中を支える。横になっている状態よりもこっちの方が呼吸は楽になるはずだ。

「アネットちゃん、聞こえる？」

視線が少しこちらを向く。まだ、なんとか意識があるらしい。

「これを飲んで。お熱が引いて、少し体が楽になるからね」

彼女は微《かす》かに頷《うなず》くと、リエラが口元に持っていった水薬を口に含む。ほんの一口を飲み込むのにも苦労している様子に、胸をギュッと掴《つか》まれる思いだ。

それでも、わずかな量を飲んだだけで効果があったらしい。燃えるように熱い小さな体から、ほんのわずかに熱が引く。

「ちょっとは楽になった？」

なんとか一回分の解熱剤《げねつざい》を飲み終えた彼女に訊《たず》ねると、小さな頷《うなず》きが返ってきた。

少し、目に力が戻ってきている。一番まずい状態は乗り越えたらしい。そのことに安心しつつ、魔法を使ってベッドの周囲にある空気の成分を調節する。

空気の中には、体に必要なものと不要なものがあるらしい。その比率が崩れると、健康な人は具合が悪くなることもあるけど、今回のように呼吸が上手くできない場合は別だ。

空気中にある、必要なものの比率を多くしてあげると、息苦しさが解消される。

アネットちゃんの呼吸が落ち着いたところで、その状態を維持する方向に切り替えた。

辛い症状が解消されたからか、アネットちゃんは腕の中で寝息を立て始める。その表情は、さっきまで切羽詰《せっぱつ》まった叫び声を上げていたとは思えない、安らかなものだ。

「——終わった？」

中の騒ぎが収まったのを感じたのか、スルトが顔を覗《のぞ》かせた。

「峠《とうげ》は越えたと思うけど……ちゃんとしたお医者さんに見せた方がいいと思う」

「んじゃ、呼んでくる」

すぐに孤児院を飛び出していったのは、スルトも同じことを考えていたからだろう。

恐る恐る部屋の中に戻ってきたシスター・カルタは、アネットちゃんの寝顔を確認すると、その場にへたり込む。

「また、死んじゃうかと思ったよ……」

こんな言葉が出るのは、ほぼ毎年、冬になると亡くなる子供がいるからだ。

今年は誰も亡くなっていないのは、栄養状態が良くなったからだと思う。

「リエラがやれるのは応急処置だけだから、あとはお医者さん次第ですよ？」

今のところ、症状は落ち着いているみたいだけれど、リエラには病気の知識があまりない。

パンはパン屋に頼んだ方が間違いないからね。病気は病気の専門家に診《み》てもらうべきだ。

「お医者さん……！」

シスター・カルタは、医者と聞いて青くなる。

まあ、お医者さんって診察料が高いからね。とはいえ、リエラは孤児院に払わせるつもりはない。そのための言い訳だって、ちゃんと考えてあるよ。

「せっかくなので、お医者さんの診察にも立ち会わせてもらって、病気の勉強をさせてもらいます。授業料代わりに、代金はリエラが払いますよ」

「いやいや、そこは、ほら。寄付してもらってる分から出さないと！」

「自分の勉強になるんですから、リエラが払います」

眠っているアネットちゃんを起こさないように小声で行《おこな》われた交渉《こうしょう》は、リエラの勝ちだ。こういう時、お財布からサッとお金を出せるのは大きいよね。

診察の結果、アネットちゃんの病気は『炎孤症《えんこしょう》』という、狐人族《こじんぞく》や狐耳族《こじぞく》がよくかかる病気だった。

体が火のように熱くなって、呼吸ができなくなる病気なんだって。熱が上がりきってしまうと、ほぼ助からないらしく、直前の状態でくいとめたリエラはお医者さんからお褒《ほ》めの言葉をいただいた。

アネットちゃんは、翌々日には元気いっぱい！　ケロッとした顔で庭を走り回っていた。笑顔で駆け回る姿に、処置が間に合って良かったとみんなで笑い合った。


そのあとは何事もなく、穏やかな日々が続く。孤児院の修繕《しゅうぜん》や、チビーズの面倒を見ながら過ごす日々は、とても充実したものだ。

そうそう。シスター達にせがまれて、簡単な魔法も教えた。シスター・カルタに『微《び》風《ふう》』を教えられたから、夏は過ごしやすくなるかもしれない。ただ——

「ほらほら、風、流れてる～？」

「ちょ、やめ！　まだ冬だよ!?　寒い、寒いってば!!」

シスター達は、調子に乗りすぎるところがあるから要注意だ。お調子者のシスター・カルタだけでなく、シスター・アリスですら、浮かれてしまっているんだもの。

「あら～！　壁のヒビがなくなったわ。これで、私も修繕《しゅうぜん》ができるわね♪」

って、シスター・アリス！　そんなに小さなヒビまでいちいち直していたら、あなたの魔力がもちません……！

「シスター・カルタ！　魔法を使いすぎると命の危険があるってお話ししましたよね？あまり無駄遣いしないでください」

「あーん、だってリエラ。これ、なんか楽しい！」

使いすぎないようにと、口を酸《す》っぱくして注意したんだけど——大丈夫かな？

下手すると本当に命に関わるんだけど……

とはいえ、滞在中にちゃんと使えるようになってくれてほっとした。だってね、中途半端に覚えた状態だと、もっと危ないんだもの。

そんなこんなで、グラムナードでの日々と比べると、随分《ずいぶん》とのんびりしているけど、たまにはこういう生活もいいね。

そういえば、チビーズがキラキラ光る球で遊んでいるのを見た時には、心臓が止まるかと思った。だって、『属性判定水晶』で遊んでいたんだから……！

「これ、どうしたの!?」

思わず取り上げちゃったのは、これが何百万もする代物《しろもの》だと知っていたせい。

こんなもの、子供のおもちゃにしちゃいけません……！

でも、どんなに高価なものでもチビーズにとっては、ただのキラキラ光る綺麗な石だ。

宝物を取り上げられたと、大きな声で泣きわめく。

「あらあら、どうしたの？」

突然のギャン泣きコーラスに驚いて、シスター・アリスがやってきた。

「シスター・アリス……」

チビーズは、『属性判定水晶』を取り返そうと、リエラの足元にしがみついている。

困って視線で助けを求めると、彼女は不思議そうに首を傾《かし》げた。

「スルト君が持ってきたおもちゃ……よね？」

「これ、スルトがチビーズに渡したんですか⁉」

「そうよ？」

「この水晶、何百万ミルもするんです！　子供のおもちゃにしちゃダメですよ〜！」

シスター・アリスは、一瞬、何を言われたのか分からなかったらしい。

何度か瞬《まばた》きしたと思ったら、そのまま後ろに倒れ込む。

「わー！　しすたー・ありすがたおりた〜！」

倒れたシスター・アリスのもとに子供達が一斉に走り寄ったのは、彼女の人徳だろう。

さっきよりも更に騒々《そうぞう》しくなる中、こっそりと『属性判定水晶』をポケットに仕舞い込む。それから、リエラは声を張り上げた。

「スルト〜！　あとで、お仕置きだからね!!」


そんなわけでスルトを院長室の床に正座させて、事情聴取中だ。

「――で？　なんであんな高価なものを、チビーズのおもちゃにしたの？」

「いや、そんな高価なものだなんて知らなかったんだよ」

「言い訳はどうでもいいから。な・ん・で・わ・た・し・た・の？」

スルトを問い詰めるリエラの姿に、シスター・マーサは困ったように微笑《ほほえ》んでいる。

――兄妹喧嘩《きょうだいげんか》を見守るお母さんって、こんな感じ？

結局、スルトが理由を話したのは三十分以上も経ってからのこと。

「師匠に頼まれたんだよ。チビーズの中に複数属性持ちがいたら、里親になりたい人がいるから教えろって……」

ふてくされた顔で白状した内容に、思わずシスターと顔を見合わせる。

「リエラさん、お仕事を任せるならともかく、養子にするのに魔法の属性って必要なものなのかしら？」

「うーん……どうなんでしょう」

シスターに問われて、リエラも首を傾《かし》げる。

後々、工房で雇《やと》うことを視野に入れているのかもしれないから、なんとも言えない。

「とりあえず、複数属性持ちのチビは、アネットだけだったな」

「あらまあ……」

それを聞いたシスター・マーサは、眉を寄せて悲しそうな表情になる。

「あの子達は三つ子なのよ。できれば、一緒に引き取ってくださる方だといいのだけれど」

「あー……。大概《たいがい》は一人しか引き取ってくれないですよね」

「そうなのよねぇ……」

子供達の里親になる人が欲しいのは、大抵一人だけ。

里子を取る理由は色々あるらしいけど、三つ子ちゃんを全員引き取るような物好きなんていないだろう。

でも、一緒にいさせてあげたいって思ってしまうのは仕方ないよね。家族は全員揃《そろ》っているのが一番らしいから。

数日後、孤児院に帰ってきたアスラーダさんに、『属性判定水晶』の件できっちり文句を言わせてもらった。

「あらかじめ養子の件を話してしまうと、無駄に期待させてしまうと思ったんだ」

というのが、彼がスルトにこっそり頼んだ理由らしい。

「でも、あれで遊んでいるのを見た時、心臓が止まるかと思ったんですよ？」

「すまん……まさか、おもちゃ代わりにされるとは思ってなかった」

その言葉に嘘はなさそうだ。

「それで、ご希望の複数属性持ちは三つ子ちゃんの一人だったわけですけど、どうするんですか？」

リエラが一番気になるのは、そこだ。

グラムナードに引き取られるのなら、大事にしてもらえると思う。でも、どうにか三人とも同じお家に引き取ってもらえないかな……？　せめて、ご近所とか。

「里親希望者次第だからなんとも言えないが、狐耳族《こじぞく》の子供なら三人とも引き取る可能性はある」

狐耳族《こじぞく》だと、何かいいことがあるのかな？

首を傾《かし》げるリエラに、彼は理由を説明してくれた。

「狐耳族《こじぞく》は魔力が伸びやすい種族だから、複数属性持ちでなくとも寿命が延《の》びる可能性がある」

「あ、だから複数属性持ちが良かったんですね」

複数属性持ち限定なのが謎だったけど、その謎まで一緒に解けたよ。

グラムナードの民は魔力が多いから、そのぶん寿命も長いんだ。子供が自分よりも先に寿命で逝《い》ってしまうのは辛いって話は聞くし、そういう理由なら納得できる。

ところで、リエラが工房に入ってから、アスラーダさんはアスタールさんの指示で孤児院出身者の就職状況を調べたらしい。そこで分かったのが、才能を埋もれさせてしまっている高魔力保持者が多いこと。

才能を伸ばすためには先立つもの――つまり、お金が必要だから、仕方がない部分もある。基本的に孤児には、そのお金がないからね。

でも、それを聞いたアスタールさんは、せめて複数属性持ちの子だけでもグラムナードで引き取れないかと言い出したんだって。

「なんだって、アスタールさんはそんなことを……」

思わず呟《つぶや》くと、アスラーダさんもリエラと一緒になって首を傾《かし》げる。

「俺もよく分からないんだが、少子化対策がどうのこうのと言っていたな」

「少子化？」

そういえば、前にそんなことをアスタールさんが言っていたような気もする。魔力が多い人同士の間には子供ができにくいとか、そんな感じの話だったはずだけど……

うーん？　将来の人手不足に対する、先行投資みたいなものなのかな??

「求人手続きをしながら、孤児院で条件に合う子供を探したんだが、思ったよりも多かったな」

「それって、複数属性持ちの子がってことですよね？　どれくらいいたんですか？」

ついつい突っ込んで聞いてしまったのは、どれくらいの子供が引き取られる可能性があるのか気になったからだ。

「引き取れる年齢を超えているのも含めると、二十人だ」

孤児院から子供を引き取るのには、タイムリミットが存在する。学校に進学する七歳になると、孤児院から出ることができない。

見つけた子供達の中から、七歳以上の子を除くと、最終的に十四人になるらしい。

「その子達って、工房で面倒を見るんですか？」

ちょっと難しいんじゃないかと思いつつ訊《たず》ねると、思いもよらない返事が返ってきた。

「セリス達の実家が引き取ることになっている。あそこの家は、少し異様なほどに子供好きでな……」

そう言いながら、彼は無意識に首を横に振る。

「一番下の娘が来年工房に入るから、もう一人作ろうかと相談していたらしい」

「どんだけ子供が好きなんですか。その人達」

作ろうって思っても、できないのが子供じゃないのかな？

逆に、要らないって思ってもできちゃうことがあるらしいけど。

「そんな話をしている時に、ルナが実家で両親にポロリと孤児院のことを喋《しゃべ》ったら、『その子達はウチで育てる!!』……と」

「えええ……？　ルナちゃんの親御《おやご》さん達だけで引き取るつもりなんですか？」

どんなに子供が好きでも、十四人は多すぎでしょう。

「いや、子供好きの同類が何人も立候補しているらしい。条件に当てはまるのは十四人だが――実際に引き取りに行ったら、他の子供も養子にするんじゃないか？」

なんとまぁ……

春になったら里親希望の夫婦達が孤児院巡《めぐ》りをするらしい。子供好きもそこまでいくと、病気レベルなんじゃないかな？

正直、ちょっと引いてしまう。セリスさん達の親御《おやご》さんなら、悪い人じゃないんだろうけど……

それはそうと、グラムナード錬金術工房に来ることになったのは、エリザだけ。

ミリーは結局、一緒に孤児院を出る男の子二人と共に探索者になるらしい。

エリザは他に面接まで漕《こ》ぎ着けた人と一緒に、工房が手配する馬車に乗ってグラムナードに来ることになった。一ヶ月は先の話だけど、町を見た彼女の反応が楽しみだ。きっと、すごくビックリするよね。

そんなこんなで、里帰りはもうすぐおしまい。

そしてリエラ達が帰る前日に、ちょっと嬉しいイベントがあった。

「リエラちゃん、アイン君、メノリちゃん、トーラス君、お誕生日おめでとー!!」

そのイベントの名は、誕生日パーティー!!

仕送り（的な現物支給）の甲斐《かい》あって、孤児院の食糧《しょくりょう》事情が良くなった。だから、以前は行《おこな》えなかった誕生日パーティーもできるようになったんだって。そうは言っても一人一人お祝いする余裕はないから、季節ごとの最後の月に、その季節に生まれた子達をまとめてお祝いするんだそうだ。

リエラは捨て子だったから、『春の三日月』の蒼月《そうげつ》の日が誕生日ということになっている。でも、明日エルドランを発《た》ってしまうからと、冬が誕生日の子達と一緒に祝ってもらえた。

夕飯のあとに、普段は出ないデザートが出て、みんなで誕生日の子の名前入りの歌を歌って……少し夜更《よふ》かしをして遊ぶ。どれも、リエラがいた頃にはできなかったことだ。

みんなの楽しそうな笑顔に、胸がいっぱいになっちゃって――

ベッドに入ってからも、なかなか眠気はやってこなかった。

仕方なく、こっそりとベッドを抜け出して、裏庭のベンチで夜空を見上げる。寝られないのは、理由の分からない感情が原因だ。なんというかこう、嫌な感じじゃないんだけど――。その感情に付ける名前が分からずモヤモヤする。

不意に後ろから肩に毛布をかけられ、驚いて振り返る。そこにいたのはアスラーダさんだ。彼はリエラの頭をくしゃくしゃ撫《な》でると、一言だけポツリと呟《つぶや》く。

「良かったな」

その言葉にどう反応していいのか困っているうちに、アスラーダさんは部屋に戻っていってしまった。

彼の後ろ姿を見送ってから、改めて考えて、やっと納得する。単純なことだ。リエラは今日、みんなが嬉しそうにはしゃいでいる姿を見られたのが、純粋に嬉しかった。

それで、心底『幸せだなぁ』って思っただけ。分かったら、なんだかなーって感じだよ。

「また、グラムナードに戻ってからも頑張ろう」

小さく呟《つぶや》いて、立ち上がる。モヤモヤも晴れたからか、部屋に戻ると安心して眠ることができた。

夢の中でも、みんなが元気にニコニコ笑顔だったのは言うまでもない。もっと笑顔で過ごせるように、これからも頑張ろう。

そんなこんなで、リエラとスルトの里帰りは終わりの日を迎えた……

エピローグ

里帰りを終えてグラムナードに戻ったのは、『冬の満月』の最終日。

年越し祭り当日のことだった。

実は、リエラの育ったエルドランの町では一年の最後の日ではなく、一年の最初の日に新年祭を行《おこな》う。ところがグラムナードでは、新年を祝う代わりに年越し祭りで友人や知人との旧交を温め合うんだって。工房に帰る途中でアスラーダさんに教えてもらって、スルトと一緒にびっくりしたよ。

こういうのを、所変わればなんとやらっていうのかな。

「リエラちゃん!!　お帰りなさい!!」

帰宅の挨拶《あいさつ》をする間もなく、セリスさんが喜びもあらわにリエラを抱きしめる。

「セリスさん、ただいま！」

セリスさんに抱え込まれたまま、リエラは帰宅の挨拶《あいさつ》をした。

ちょっぴり手を彷徨《さまよ》わせてから、思い切ってセリスさんをぎゅっ！

うわ、セリスさん、柔らかいいい匂い……！

でもリエラが抱きしめ返した瞬間、少し驚いたようにセリスさんの手の力が緩《ゆる》んだ。

あ、やっぱり嫌だったかな？

「帰った」

「ただいまー」

リエラが内心ドキびくしている中、アスラーダさんとスルトも口々に帰宅を告げる。

手を離そうとしたら、セリスさんに抱き上げられて、リエラの体はクルクルと宙を舞う。

「わ・わ・わ!?」

「リエラちゃん……！」

セリスさんは、不意に止まるとリエラを床に下ろす。驚いて顔を見れば、嬉しそうなのに涙ぐんでいて更に驚く。

しばらくの間、リエラの肩に手を置いた状態で静止していたセリスさんは、改めて強くリエラを抱きしめた。

「セリス、盛り上がるのはそこまでにして飲み物でももらえないか？」

帰宅の挨拶《あいさつ》をすっかりスルーされたアスラーダさんが、苦笑交じりにそう言ったことによって、リエラとセリスさんのフィーバータイムは終了だ。

「あ、ごめんなさい。今、ご用意します」

セリスさんはアスラーダさんの言葉で我に返ると、慌ててお茶を用意しに行ってしまう。さっき彼女が涙ぐんでいた理由が気になってアスラーダさんを見上げると、頭をポンと叩かれたので平気なんだとは思うけど……ここに来てから、二週間も出かけるなんて初めてのことだったし、心配かけちゃったのかも。あとで心配するようなことはなかったと言って、たくさんお土産《みやげ》話をしよう。

今日は年越し祭りの日だから、全てのお仕事がお休みだ。

それぞれの家で一年の間にたまった埃《ほこり》を払い、夜には祝《いわ》い膳《ぜん》を食べる。エルドランとグラムナードでお祭りの日は違うのに、祝《いわ》い膳《ぜん》を食べるのは一緒なのが、ちょっと不思議な感じだ。

ちなみに、この祝《いわ》い膳《ぜん》は各家庭ごとに違う……らしい。

去年まで孤児院では祝《いわ》い膳《ぜん》を作っていなかった。今年は作ると張り切っていたシスター達を思い出して、リエラはニヨニヨしてしまう。チビーズはきっと、目をまんまるくして驚くんだろう。想像するだけでもなんだか嬉しくなっちゃうのに、直《じか》に見られないのは残念だよね。

セリスさんも、もちろん祝《いわ》い膳《ぜん》の用意をしているところだ。リエラも荷物を置くと、すぐにお手伝いをさせてもらう。

出来上がった祝《いわ》い膳《ぜん》はなかなか豪華で、作っている最中に手を出さないようにするのが大変だったよ。食卓に並べられた祝《いわ》い膳《ぜん》を前に、スルトは今にも涎《よだれ》が垂れそうだ。

その祝《いわ》い膳《ぜん》のメニューはこんな感じ。

☆来年もいい年くるくる卵

四角いフライパンでハチミツ入りのあまーい卵液《らんえき》をくるくる巻きながら焼いたもの。縁起《えんぎ》もの……らしい。卵は、栄養豊富な高級品だ。

エルドランにいた頃だと、高くて手が出なかった。

グラムナードでは『獣《けもの》の氏族《しぞく》』のところで買えるから、よく食べるんだけどね。

ゴロ合わせっぽい名前の料理だけれど、甘くてほっぺたが落ちちゃいそう。

☆メガネ芋《いも》の煮物

メガネによく似た、二つの穴が空いているお芋《いも》。

先を見通す目を養《やしな》うとかなんとか。ほくほくして美味《おい》しいので、由来はどうでもいいや。

☆星兎《ほしうさぎ》のロースト
背中に一つだけ星を背負った兎《うさぎ》さんを、お祝い用に狩ってきました。（byルナちゃん）
一番星みーつけた！　的な嬉しさと共に、これからのあなたの一年に素晴らしい幸運を！
皮はパリパリ、お肉しっとりでめちゃうま。
☆福々草《ふくふくそう》のサラダ
これを食べれば、病気知らず！

どんな痩《や》せた土地でも育つ福々草だから、元気で幸せに過ごせますようにってことかな？

緑の中にトマトの赤がまぶしい一品で、ナッツ風味のドレッシングがうまい！
☆ポコポコ芋《いも》のフライ
一本の蔓《つる》に二十個以上のお芋《いも》が生《な》るポコポコ芋《いも》は、子宝の象徴らしい。

揚げたものは、子供達の永遠のアイドル！

ほふほふはふはふ。しあわせれふー♪
☆ピンクナッツのパン

来年も一年間、幸せに暮らせますように。

ふわふわの真っ白なパンの中には、鮮やかな桃色のピンクナッツ。

噛《か》みしめると優しい甘さが口いっぱいに広がって、なんとも幸せになれるのです。


工房のみんなで、ご飯を食べるのも久しぶりだ。

和気あいあいと、里帰り中の話をしていたら、あっという間にお祭りの始まる時間になってしまっていた。

「リエラちゃん、お祭り用のドレスを用意してあるから着替えてしまって」

セリスさんが用意してくれていたドレスは、クルンと回ると裾《すそ》がフワッと持ち上がる。ダンスの時にはヒラヒラと揺れて、きっと可愛いに違いない。

着替えを終えてセリスさんと一緒に玄関を出ると、ルナちゃんがヤギ車を用意して待っていた。会場の広場まで、これで向かうらしい。

「お、リエらんのドレスも可愛い！」

「ルナちゃんのドレスも素敵！」

ルナちゃんのドレスは、ヒラヒラした裾《すそ》から膝《ひざ》が少し見える。リエラの感覚からすると、少し短すぎる感じだ。

　自分が着るのは無理でも、人が着ている分にはとっても可愛い。ルナちゃんはいつも活発なイメージだけど、このドレスは女の子らしさが前面に出ている感じ。

　でも……寒くないのかな？

　グラムナードが冬でも暖かいとはいえ、夜は結構冷えるんだよね。

「あれ……他の人は？」

　ふと、他のメンバーが見当たらないことに気が付いて周りを見回す。

　ヤギ車は、ルナちゃんがいつも乗り回している小型のものだ。とてもじゃないけど、他の誰かが隠れるようなスペースはない。

「男性陣はトールちゃんを連れて先に行ったよ」

　ケロッとした顔でそう返されて、リエラはショックを受ける。

「セリスさん、リエラのせいで遅刻、ですか？」

　今日はセリスさんに髪を整えてもらったり、軽くお化粧をしてもらったりした。だから、身支度にいつもよりも時間がかかっちゃったんだよ。男性陣が先に行ったのがそのせいだとしたら、どうしよう。ルナちゃんやセリスさんに迷惑をかけるなんて……！

「大丈夫よ。アスタール様は、開始の挨拶《あいさつ》があるから早く着いていないといけないの」

「そーそー。まだ日も沈み切ってないし、ちょうどいい時間に着くんじゃない？」

二人にそう言われて、ほっと胸を撫《な》で下ろす。

「セリ姉《ねえ》は後ろで、リエらんはあたしの隣ね」

「あら、何か内緒話でもするの？」

「にひひー♪」

ルナちゃんの笑顔にちょっと身構えつつも、指定された席に腰かける。

セリスさんが後ろの座席に収まると、ヤギ車は静かに動き出した。

「リエらん、リエらん」

ヤギ車が動き出すと、ルナちゃんは早速《さっそく》、内緒話をしようと体を寄せてくる。

「年越しのダンスではさ、変な遠慮したりしないで、いっちばーん一緒にいたい相手と最初のダンスをするんだよ？」

「え、リエラはそういうのはいいよ……」

ルナちゃんの囁《ささや》きに思わずそう返す。

年越しの最初のダンスは想い人か、親とするものだとセリスさんから聞いた。その時、一瞬だけリエラの脳裏《のうり》をよぎった人がいて——思わず口ごもる。ルナちゃんがそれに気付かないはずもなく、おでこをピンと弾《はじ》かれた。

「……リエらんが何を気にしてるのかは、なんか想像がつく気がするケド……。ここじゃ、そんなこと気にする必要ないんだからね？」

「いやいや、そもそも相手がいないいって……」

「あ、セリ姉《ねえ》はダメだよ？　ダンスの相手は、あくまでも異性だからね！」

「おおう！　最愛の相手を封じられてしまった！」

「あら♪　最愛の人だなんて……」

そんなアホな会話をしているうちに、会場となる広場に到着だ。

年越し祭りが行《おこな》われる輝影《きえい》神殿が近づくと、他の人達が乗ってきたヤギ車が乗り捨てられている。車から解放されたヤギ達は人のいるところにフラフラと入り込んでいく様子もなく、広場の周りで草を食《は》んでいた。

「リエらんのために、わざわざ体をあけてる人もいるんだから。――お、いたいた」

「いたって、誰が？」

ルナちゃんの視線を追うと、先に出かけたアスラーダさんとスルトの姿が見える。

「帰りは、タイミングが合ったメンバーで適当に帰ることになってるから！」

ルナちゃんはウィンク一つ残して、スルトと一緒に人ごみに紛《まぎ》れていく。

「もう、ルナったら……」

そう呟《つぶや》くセリスさんだけど、そんな彼女にも遠くからお呼びの声がかかる。

「リエラは大丈夫なので、セリスさんも是非《ぜひ》行ってきてください」

セリスさんにはセリスさんのお付き合いっていうものがあるだろう。

そうでなくとも、彼女は工房からあまり出ることがない。たまには、友達と思いっきりお喋《しゃべ》りをしてくるべきだ。

「俺が一緒にいるから、行ってきたらどうだ？」

「アスラーダ様……」

セリスさんは、アスラーダさんとリエラを見比べると、何かに納得したように頷《うなず》く。

「それじゃあ、少し失礼しますね」

「ああ。ゆっくりしてくるといい」

アスラーダさんの言葉に微笑《ほほえ》みを返すと、彼女は友人達のもとに向かった。

この年越し祭りは、普段なかなか会えない人との旧交を深めるのが一番の目的らしい。

でも、リエラは親しい人なんて、工房の人くらいしかいないんだよね。それに、普段は閑散《かんさん》としている広場は、こんなに人がいたのかと驚くほどの人で溢れている。知り合いを探すこと自体が難しそうだ。

そうこうしている間に、有志による演奏が始まり、曲に合わせて最初のダンスを踊る人が現れ始める。フワフワと揺らめきながら広場を彩《いろど》るのは、様々な色合いの光の玉だ。

会場のあちこちから、大小様々な光の玉が空へとゆらゆら上《のぼ》っていくのは幻想的でとて
も美しい。

「わ……。なんか、綺麗」

思わず呟《つぶや》くと、アスラーダさんが作り方を簡単に教えてくれる。

早速《さっそく》、手の中に作った青い玉を空へ向かって軽く押してやると、フワフワと漂《ただよ》い始め
た。目新しい遊びにすっかり楽しくなって、ついつい何個も作ってしまう。ある程度作っ
て満足したところで、不意に改まった言葉をかけられた。

「お嬢さん。踊りを申し込んでも？」

アスラーダさんが、胸に左手を当てて腰をかがめつつ訊《たず》ねる。

広場を照らす蒼《あお》い光に、その瞳が優しく揺らめいて、リエラは思わず息を呑む。

「……ダメか？」

眉尻を下げて問うアスラーダさんに、まさか拒絶の言葉なんて言えるわけがない。

ああ、いやいや。相手がいないリエラを、『兄』として見てられなかったんだよ、きっと！

そう考えれば、やたらとドキドキする胸が落ち着いてくるような気がした。

リエラが手を差し出すと、彼は嬉しそうに頬《ほお》を緩《ゆる》める。なんか……勘違いしちゃいそ

うだから、そんな顔をしないでほしい。

「あの、足を踏んじゃうかも……？」

情けない顔になっているんだろうなと思いながら見上げると、鼻で笑われた。

「こういうのは、楽しんだ者勝ちだ。だから、上手い下手なんて関係ない」

「ええー？　でも、きっと痛いですよ？」

「構わない」

そう言って、アスラーダさんはリエラを踊りの輪に引っ張り込む。

リエラは、緊張のあまり音楽を聴く余裕もない。だって、こんなに距離が近いんじゃ、ドキドキしている音が聞こえちゃうよ!!

それでも、アスラーダさんのリードに従ってどうにか一曲目を踊り切る。曲が終わった頃には、リエラは目を回してフラフラだ。なんというか、刺激が強い……！

ダンスが、こんなに男の人とくっつくものだなんて思ってもみなかった。二曲目が始まる前に踊りの輪から抜け出し、他の人達の踊る姿を眺める。女の子達のスカートが、淡い光を反射しながらふわふわと揺れるのが幻想的で、ため息が漏れた。

三曲目が始まると、もう一度、踊りの輪に加わる。最初の曲よりもテンポが速くて、息が切れてしまった。運動不足にもほどがあるよね。明日から、また工房の周りを走り

込もう。

でも二曲も踊れば、この距離感にも大分《だいぶ》慣れてきて、踊りながら笑みを浮かべる余裕ができた。

その頃になると工房の他のメンバーも戻ってきて、次々と相手を変えて踊る。

「俺とも踊るだろ？」

「ええ～？　スルトと～？」

そう言いながらも踊った曲はアップテンポで、リエラが上手く反応しきれないところをスルトがフォローしてくれた。

曲が終わって踊りの輪を出ると、大きな欠伸《あくび》が口から飛び出す。月の位置を見れば、いつもなら寝ている時間だ。アストールちゃんは、セリスさんの腕の中で既《すで》に夢の世界に飛び立っている。

「そろそろいい時間だし、一足先に引き上げましょうか？」

「え～？　セリ姉《ねえ》、もう帰るの？」

「トールちゃんも寝てしまったし、いつまでも騒がしいところにいさせるのは可哀想《かわいそう》でしょう」

「リエラも、もう眠い……」

そんなわけで、ルナちゃんのことはスルトに任せて、リエラ達はアスラーダさんの運転するヤギ車で帰途《きと》についた。

明日から、また新しい年が始まる。

今年は、想像したこともないようなことがたくさんあった。全ての始まりは、錬金術師に適性があるという、ネリー先生の言葉。

職業斡旋所《あっせんじょ》で、あまりにも募集件数が少なくて肩を落としている時に、アスタールさんに出会った。

その日のうちに面接をして、あっさりと合格。旅費《りょひ》として十万ミルも先渡しされて、ビックリしたなぁ……。

グレッグおじさんにお願いして、隊商に交ぜてもらってグラムナードにやってきたんだっけ。

なんだか、随分《ずいぶん》と昔のことのように感じるけど、初めてアスタールさんに会った日から、まだ一年も経っていないんだよね。

擦《す》り切れてない綺麗な服をもらって嬉しかったことや、調薬を教わりながらセリスさんと仲良くなったこと。初めて魔力が見えた時の驚きも、はっきり覚えている。

きっと、リエラがおばあちゃんになっても忘れないんじゃないかな？

迷宮で生き物相手に攻撃魔法を使えないことが分かったり、外町出張所でお会計を間違えちゃったりしたのも、今となってはいい思い出だ。

ああ、魔力石の『育成ゲーム』は今でも結構楽しい遊びだよね。

新しく育成しておくようにと、材料が支給されているから、いつでも気軽にできる。『賢者の石』が命を持つ瞬間は、未《いま》だに胸が高鳴るよ。

リエラの初めての箱庭は順調に成長していて、今は最初に作った春の気候の土地だけでなく、秋の気候の土地も追加した。いつかは夏と冬の土地も追加して、それぞれの季節にしか採れないものを配置しようと思っている。

これは、『リエラの素材回収所』。

リエラ専用のお庭だ。

あ、アスラーダさんも使えるけど、彼はリエラが一緒の時しか入らない。だから、リエラ専用ってことでいいよね。

グレッグおじさんとの取引のおかげで、心配で仕方のなかった孤児院の生活が良くなってきているのも確認できた。

予想外だったのが、グラムナードの人達が孤児の引き取りにやたらと熱心だっていう話だ。

年明けに予定されているという里子探しツアーとやらで、複数属性持ち以外の子も引き取ってもらえたらなー……と、こっそり猫神様にお祈りしておこう。グラムナードの民なら、引き取った子を大事にしてくれそうだからね。是非《ぜひ》ともお願いしたい。

他の子達の仕事先とかも心配だ。今のリエラには難しいけど、いつかは手を貸せるように努力をしなくちゃね。まずは、二年後に王都に向かう時のために、もっと技量を磨《みが》いて実力をつける。

自分にできることはそこからだ。

リエラはこの一年間をざっと振り返って、気合いを入れ直す。

「また、来年も頑張るぞー!!」

リエラの気合いを入れる声に、セリスさんとアスラーダさんは優しく微笑《ほほえ》んだ。

書き下ろし番外編

アンナちゃんは迷走中

わたしはアンナ。

イニティ王国のど真ん中、エルドラン領都在住の基礎学校を卒業したてのピッチピチの十二歳だ。コレは、自分の適性に合ったお仕事を斡旋《あっせん》してもらって見習い仕事を始める年齢になったたってこと。さらば、楽しき子供時代。

ただただ、勉強しているふりをしながら遊んでいられた日々達よ。

そんな一人芝居を頭の中で繰り広げつつ、こっそりと裏口から町に出る。

わたしの家は宿屋《やどや》さんだ。どちらかというと安宿《やすやど》の類《たぐい》で、護衛仕事をしている探索者さんが泊まることが多い。忙しい時は忙しいけど、暇《ひま》な時はとってもおヒマ。更に最近は、空き室も目立つから生活はカツカツだ。そんなわけだから、家業手伝いで経験を積んでから同業者にお嫁入り——なんて時間のかかることはしてられない。先生からもらった斡旋書《あっせんしょ》を握りしめ、気合いを入れて職業斡旋所《あっせんじょ》に向かう。

ちなみに、斡旋所《あっせんじょ》の紹介でお仕事に就《つ》ける確率は、とってもとってもとぉ～っても！低いらしい。人手が欲しくなった時には、同業者の横のつながりから雇《やと》うことが多いからね。そもそもの間口自体が狭いのだ。あとは、斡旋所《あっせんじょ》からの紹介に頼るイコール伝手《つて》がないか、紹介できないほどに当人の能力が低いことが多いのも原因である。

基礎学校を卒業したばかりの半人前相手だと、多少は評価が緩《ゆる》くなるらしいけど——そんな厳しい就職活動だけど、もちろん上手くいく人だっている。

その一人が学校で隣の席だったリエラ。彼女はよその町の、超・美人な錬金術師さんのお弟子さんになることが決まった。しかもね、迷宮都市として有名な隣領だよ？　すごいよねっ！

「でも、トントン拍子に決まりすぎてイマイチ実感がない……かなぁ？」

こう、嬉しさよりも戸惑いの方を強く感じてる的な……？

「わかりみっ！」

あんまりにも自分に都合がいい展開だと、現実感が薄いよね。

「しかも、道中の路銀も支給してもらえたんだよね」

「……その人、どんだけリエラに来てほしいの？」

「ん～？　浮世離れした感じの人だったから、リエラに来てほしいというよりも常識が違うのかも」
「それは、別な意味で心配〜」
でも、そっか。迷宮都市に行っちゃうんじゃ、もうリエラと会えないのかも……
わたしの場合、親の意向もあって領都の仕事に就《つ》く前提だったから考えもしなかった
けど、仕事が決まった子の多くが他の町や村に行ってしまう。ソレに思い至って、なん
だかひどく心細い気分になった。リエラも、もう会えなくなる人の一人だね。
「まあ、アスタールさんの場合、嘘を吐《つ》いたとしてもすぐに分かると思うから——詐欺
はないと思う」
「一度会っただけだよね……？」
「そうだけど——なんかね、感情が耳に出るんだよ。表情は全然動かないのに、耳だけ
ピコピョコと。年上の男の人に対して不適切だと思うけど、ちょっと可愛い」
リエラはそう言って、思い出し笑い。わたしは一度だけ遠目に見たことがある、彼女
のお師匠様になる予定の長耳族の男性を思い出しつつ想像してみる。
無表情で耳だけピコピョコ、ねぇ……
実際に見てみないとなんとも言えないけど、想像すると、すごくシュール。感じ方は
人それぞれだ。リエラには可愛く見えたのか。まあ……あの顔なら、無表情の方がいい

かも。

就職先の町に移動する準備のためのお買い物中だったリエラと別れ、宿《やど》で使う雑貨を抱えて戻る道中。一年後に、彼女が不採用になって戻ってきたらいいな～なんて、そんなことを考えてしまったわたしってば、すごく悪い子だと思う。

でもね？　会えなくなるのは、やっぱり寂しいよ。


リエラが就職先に旅立つ頃になっても、結局、わたしの仕事は決まらなかった。

仕方なく家業の手伝いをしているけれど、わたしの家は相変わらずの経営状態。閑古《かんこ》鳥《どり》が鳴くほどではないけれど、お世辞にも繁盛しているとは言いづらい。その上、一番上の兄の結婚が決まって、未婚の半人前兄妹《きょうだい》には肩身が狭い状態だ。

半人前兄の場合、来年になったら成人扱いされる年齢になってしまうから、宿屋《やどや》経営（従業員も含む）以外で生計を立てるのは既《すで》に難しい。婿入り先も転職先も見つけられなかったから、ほぼ手遅れだよね。

わたしは――来年中に嫁入り先を見つけるか、転職できればなんとかセーフ？

「いや、お前も新卒で別の仕事に就《つ》けなかった時点でほぼアウトだろ」

「ロド兄《にい》、ひどっ」

「お・ま・え・は！　どの口で言ってんだ？」

「いひゃいひょ《痛いよ》！」

両頬《ほほ》をつねられて抗議すると、「けっ」と毒づきながらも手が離れた。

「それに、俺の場合。猶予《ゆうよ》は兄貴に子供ができるまで、だ」

力仕事や厨房《ちゅうぼう》仕事をこなせる分、自分の方が余裕あるとロド兄《にい》は鼻を鳴らす。むしろ、非力でリネン系しかこなせてないわたしの方が先に追い出される可能性が高いらしい。

「そうでなくとも、小姑は嫌われるらしいからな」

「未婚の男兄弟《きょうだい》もビッミョ～」

わたしがお嫁に行くなら、どっちも嫌だもの。間違いない。

「つーか、基礎学校でイイ男いなかったのか？」

「ロド兄《にい》こそ」

しばらく不毛な言い合いを続けたものの、ほとんど同時に大きなため息を吐《つ》いてベッドに座り込む。こんな風に互いの痛いところをえぐりあわなくったって、分かっちゃいるんだ。兄妹《きょうだい》でいがみ合ったってなんの意味もないことなんて。

「んで、ロド兄《にい》はどうすんの？」

「ん～……エルドランで勤め先が見つかんねーのはしゃーないし、よそに流れるしかないだろ。いざとなりゃ、探索者……かな」

「ロド兄《にい》に探索者は無理だよ」

　力も体力もあるけど、運動神経が皆無なのだ。探索者になんかなったら、早死にするだけだろう。わたしだって、ロド兄《にい》よりは多少マシな程度だから無理な道だ。

　結局、家の手伝いの合間に日雇《ひやと》いや臨時の仕事を請《う》けつつ手持ちの資金を増やすことになった。いざとなったら、ロド兄《にい》と一緒に新しく宿《やど》を経営してもいい。……難しいだろうけど。やはり、最終手段は農地開拓？　コレもきつそうだなぁ……

　エルドランって、地図上では国の中心部にあるものの、特産らしきものがなく魅力に欠ける土地だというのが、旅商人さんの評価らしい。辛《かろ》うじて、資源の宝庫である迷宮都市から、西のフレテュムールへ荷物を運ぶために通るだけってことね。

「とはいえ、エルドランの金属加工技術は今のところ国一番だ」

「へぇ、そうなんですか？」

「ああ。武具は頑丈でもちがいいし、装飾品の加工も繊細《せんさい》で評価が高いらしい」

　護衛仕事で滞在している探索者さんに聞いた、エルドランの評価はこんな感じ。「装飾品は買ったことなんてないけれど」と言って、彼は上機嫌でエールの追加を注文してくれた。まあ、装飾品に関しては雇《やと》い主《ぬし》の商人が言っていたそうだから、探索者さん自身の言葉よりも信用できるかも。なんにせよ、このままエルドランに留《とど》まっても先が見えてるって言われた気がしないでもない。

冬になると日雇《ひやと》いや臨時のお仕事もなくなって、家の中に閉じこもる生活が始まる。毎年のことながら、これがなかなか憂鬱《ゆううつ》だ。エルドランは、雪が多すぎる。

雪が深いせいでこもりきりになるのは、何もわたしだけじゃない。あまり稼《かせ》ぎの良くない探索者さん達もいるから、宿《やど》はいっぱいだ。商売的にはありがたいことなんだけど、たまった鬱憤《うっぷん》を晴らすために食堂で暴れるのはやめてほしい。器物破損は、弁償必須ですよ？

毎年の恒例行事のようになっているコレのおかげでウチの宿《やど》、椅子だけは割と新しいものが多い。テーブル代わりに酒だるを使うようにしたら、テーブルを壊されることがなくなったのはとても不思議だ。探索者さんって、なんであんなにお酒が好きなんだろう？　呑まない人ってほとんど見ないんだよね。

この時期になってやっと、両親と今後のことについて話し合う。わたしとロド兄《にい》の嫁・婿入り先が見つからなかったことへの謝罪と共に、いつ頃を目途《めど》に家を出ていくのかって方向で。独立準備を始めているのは知っているはずだし、どちらかというと確認かな？

「年明けは無理」

「だろうな。その次の年はどうだ？」

ロド兄《にい》の言葉に頷《うなず》きつつ、父。流石《さすが》に、年明けすぐに追い出したりはしないらしい。

「それなら、まぁ、なんとか……」

ロド兄《にい》は言葉を濁《にご》したけれど、『なんとかなる』じゃなくて『なんとかする』の方だというのは両親も分かってると思う。

「ロドニーはともかく、アンナはもっとあとでも大丈夫よね。あなた？」

「いや、既《すで》にあちらのお嬢さんを身ごもらせているからな……」

「マジか。兄貴……」

急に話し合うと言い出したから変だと思ってたけど、原因は一番上の兄がお嫁さんを迎える前に子作りに励んでしまったせいだったらしい。

「一番大変な乳児期には女手が欲しいもんねぇ」

「それは末の妹《マオ》でいいだろ」

ロド兄《にい》は『何言ってんの？』って顔したけど、わたしの言葉に母さんが『得たり』と言わんばかりの表情になったのを見てピンときた。妹は末っ子だ。子守《こもり》は未経験。子育ての戦力として数えるには心もとない妹よりも、妹の面倒を見た実績があるわたしのことを、イヤイヤ期が終わるまで子育て要員として手元に置いときたいのかも。

それって、わたし。婚期を逃《のが》すってことだよね？

「わたしもロド兄《にい》と同時期で」

母さんはわたしの言葉にショックを受けた様子だけど、気にしない。結婚はできなくても構わないけど、イヤイヤ期が終わったあと、自分がどんな扱いをされるかが容易《ようい》に想像ついたから。労働力を搾取された挙句《あげく》にポイ捨てされるのは嫌すぎる。

引き留めようとする母さんには断固として『否』を貫き、来年の今頃までには家を出ることにする。来年の家の手伝いはそこそこで。仕事探しに奔走しよう。

今度は――町を出ることも、視野に入れて。むしろ、積極的に町から出るべきなんじゃない？　今になって考えてみれば、わたし達を町から出したくなかったのは、『忙しい時の人手』としてだよね。貯めてたお金だって「すぐに返す」と言うから貸したのに、未《いま》だに返ってきていないのだ。


「――って感じかなぁ。わたしの一年は」

「なんというか、アンナちゃんも大変だったんだねぇ……」

「言うほど大変ではなかったけど、時間は無駄にしたね」

実際、就職活動に失敗したあとの生活は、学校に通ってた時と大して変わってない。要は、なんの成長もないままに年だけ取ってしまったのだ。むなしい。

「にしても、リエラにまた会えるなんて思わなかったよ」

「リエラは、里帰りの時には会えると思ってたけど？」

きょとん顔で首を傾《かし》げるリエラは、エルドランにいた時とは打って変わってあか抜けた。お肌はプルンプルンで吹き出物の一つもありゃしないし、髪の毛だってツヤッツヤ。小綺麗で可愛い服をさらりと着こなしてて、最初はどこのお嬢様かと思ったよ。

それに加えて、工房の人が付き添ってくれた上での里帰りとか……！

「まあ……分不相応に、恵まれた環境なのは間違いないかなぁ」

そう言って、彼女は困ったような幸せそうな顔で笑った。

「運も良かったよね。お師匠様《アスタールさん》が求人を出したその日に職業斡旋所《あっせんじょ》に行ってたんだから」

「だねぇ」

同意をしながら『運だけじゃないよね』とわたしは思う。わたしが知る範囲だけでも、努力家だったリエラのことだ。弟子入り先でもきっと、たくさんたくさん頑張ったはず。

「わたしも、リエラに負けないように頑張るよ」

「それでこそアンナちゃんだね」

ニヤリと笑みを交わしてハイタッチ。

リエラが見てきたよその町の話も聞いて、見知らぬ土地への不安も払拭された。今なら、よその町での仕事でも頑張れる気がしないでもない。改めて『就活、頑張るぞ』と気合いを入れてると、リエラに何故か、ロド兄《にい》のことまでネホリンハホリン聞き出されてた。

「リエラ、誤解してないよね？　ロド兄《にい》は実の兄だよ？　恋人とかじゃないからね？」

リエラは「知ってる」と言って頷《うなず》いたけど、なんだか不安だ。

余計なことを考えていたせいか、話をしていた食事処の代金を彼女に払わせてしまった。そのことに気付いたのは寝る直前のことで、次の機会には奢《おご》らねばと決意したわたしがリエラと再会したのは――

本書は、2019年11月当社より単行本として刊行されたものに書き下ろしを加えて文庫化したものです。


この作品に対する皆様のご意見・ご感想をお待ちしております。

おハガキ・お手紙は以下の宛先にお送りください。

【宛先】

〒150-6008 東京都渋谷区恵比寿4-20-3 恵比寿ｶﾞｰﾃﾞﾝﾌﾟﾚｲｽﾀﾜｰ 8F
（株）アルファポリス　書籍感想係

メールフォームでのご意見・ご感想は右のＱＲコードから、
あるいは以下のワードで検索をかけてください。

アルファポリス　書籍の感想　検索

ご感想はこちらから

レジーナ文庫

リエラの素材回収所《そざいかいしゅうじょ》 2

霧《きり》 聖羅《せいら》

2023年4月20日初版発行

文庫編集－斧木悠子・森 順子
編集長－倉持真理
発行者－梶本雄介
発行所－株式会社アルファポリス
〒150-6008 東京都渋谷区恵比寿4-20-3 恵比寿ｶﾞｰﾃﾞﾝﾌﾟﾚｲｽﾀﾜｰ8階
TEL 03-6277-1601（営業）　03-6277-1602（編集）
URL https://www.alphapolis.co.jp/
発売元－株式会社星雲社（共同出版社・流通責任出版社）
〒112-0005 東京都文京区水道1-3-30
TEL 03-3868-3275
装丁・本文イラスト－こよいみつき
装丁デザイン－AFTERGLOW
（レーベルフォーマットデザイン－ansyyqdesign）
印刷－中央精版印刷株式会社

価格はカバーに表示されてあります。

落丁乱丁の場合はアルファポリスまでご連絡ください。

送料は小社負担でお取り替えします。


ISBN978-4-434-31901-3 C0193